講談社文庫

ネタ元

堂場瞬一

講談社

目次

次郎」事件で、犯人を名乗る男の単独取材

ネタ元

号外

1964年

1

「無理だ」

そう言われるのは、予《あらかじ》め予想していた。しかし濱中大介《はまなかだいすけ》は、思わず両手を拳の形に握っていた。万が一――いや、こちらの説得によっては、話が通じるかもしれないと思っていたのだ。それを真っ向から否定されるとは。

「草加次郎《くさかじろう》ですよ？　今、一番注目されている事件じゃないですか」

「それは分かってる」社会部デスクの宮貞則《みやさだのり》が、渋い表情を浮かべて煙草をもみ消した。「分かってるが、今日は何の日だ？」

「オリンピックの開会式でしょう？　それは、どこの社でも同じように扱うだけじゃないですか。特ダネはいらないんですか」

「お前ね、状況を考えろよ。特ダネは歓迎するけど、何もこんな日に……」

「そういうのは、調整できないでしょう。急に飛びこんでくるのが特ダネってやつなんだから」濱中は煙草に火を点《つ》けた。今日、既に五本目──朝八時にしては多過ぎる。

吸い過ぎなのは、濱中に限った話ではない。東日《とうにち》新聞の編集局全体が、白く煙《けぶ》っているようだった。東京オリンピック開会式当日ということで、今朝は普段より多くの記者が本社に詰めている。編集局の各部は仕切られていないため、それぞれのスペースから漂い出してきた紫煙が、靄《もや》のように広いフロアを覆《おお》い尽くしているのだった。

まあ、国民的行事だから……オリンピック熱は一年以上前から日本国中を席巻《せっけん》し、東日新聞も当然、巻きこまれている。いや、その騒ぎを先導したのがそもそも新聞だと言ってよかった。「国民的行事」「復興の象徴」「国力の誇示」等々、分かりやすいスローガン。もっとも新聞社の中にも、濱中のようにオリンピックに興味を持たない人間もいる。大体濱中は昔から、祭りの類《たぐい》が嫌いなのだ。それに、日本全体が同じ方向を向いているのが、何となく気味が悪い。単純に昔から運動音痴《おんち》というせいもある。

そんなことより、草加次郎だ。何しろ本人を名乗る人間が接触してきて、今日、単独インタビューを取れる予定になっている。

「何とか紙面、空けて貰《もら》えませんか」

「無理だ」宮が繰り返す。「今日の夕刊はもう、全部埋まってるんだから」

「そんなの、何とでもなるでしょう」

「一面が欲しいんだろう？」宮が、どこか意地悪そうに言った。「一面は開幕原稿。写真は九段ぶち抜きだ。他の記事が入るスペースはないよ」

「草加が起こした京橋《きょうばし》駅の爆破事件は、一面だったんですよ」

「そんなことは分かってる」

「一面が無理でも、社会面、空けられませんか。どうせ下らない雑感で埋めるだけなんだし」

「下らないとは何だ、下らないとは」宮がいきなり激昂《げきこう》した。学徒出陣で満州《まんしゅう》に駐留し、その後シベリアに抑留《よくりゅう》された経験を持つ宮は、時折癇癪《かんしゃく》を爆発させる。戦中派のデスクは気が短いから……戦後派の濱中たちは時折陰口を叩くのだが、一度火が点くと、宮の怒りはなかなか収まらない。

濱中は、周りの視線を感じた。口喧嘩は社会部では日常茶《さ》飯事《はんじ》なので、本気の喧嘩《けんか》かそうでないかはすぐ分かるのだ。今回は、このまま喧嘩がエスカレートする予感を覚えて、緊迫した状態で見守っているのだろう。

「誰が書いても同じでしょうが。そんなことより、爆弾魔草加次郎本人のインタビューですよ？　このタイミングなら、間違いなく他社を出し抜ける」

「朝刊まで待てよ」宮が一歩引いた。「半日違いじゃないか」

「待てるわけないです。他社に感づかれたら終わりだ。それにどうせ、明日の朝刊もオリンピック関係一色なんだから、早く勝負したい」

「日本でオリンピックなんて、もう二度とないかもしれないんだぞ」

「そういう問題じゃないでしょう」

濱中は腰を曲げ、煙草を灰皿に押しつけた。東日の備品の灰皿は、深さ五センチほどもある大きな物だが、宮が使っているそれは、もう一杯になっている。今朝からいったい、何本吸ったのだろう。オリンピックの開会式など、そこにいれば誰でも原稿にできる。特ダネもクソもないし、各社同じような原稿になるのは間違いない。

「お前、調子に乗るなよ。少しぐらい特ダネを書いてるからって、オリンピックの紙面を捻《ね》じ曲げられるほど偉いわけじゃないだろうが。だいたい、草加次郎だという証拠はあるのか」

「もちろん。犯人しか知り得ない事実があります」

「それが犯人しか知り得ない事実だと、どうして証明できる」

「そういうのはちゃんとやってますから。裏を取るのは当然です」

「慌てると怪我するぞ。慎重に、ゆっくりやるべきじゃないか」

「そういう問題じゃないんだ」濱中は一歩詰め寄った。「負傷者も出て、あれだけ大騒ぎになった事件ですよ？　ここでけじめがつけられるんだから、きっちりやるべきでしょうが」

「とにかく、駄目だ」宮がさらに語調を強めた。「だいたい、実際にはまだインタビューできてないじゃないか。そんな状態で一面を寄越せって言われても、無理だね」

「遅版だけでいいんです」実際、早版には時間的に間に合わないだろう。

「何言ってるんだ。そもそも入場行進が午後二時スタートで、最終版は繰り下げにしてるんだからな。今日の夕刊は、何ヵ月も前から用意してきたんだから、今さらどうしようもないぞ」

クソ……濱中はまた煙草をくわえ、フィルターを嚙み潰した。ハイライトではなく、もっときつい両切りの煙草が欲しい。

「まあ、少し頭を冷やせよ」宮は話を打ち切りにかかった。「常識で考えればすぐ分かるだろう？　今日の夕刊には、オリンピック以上のネタなんか、載るわけないだろうが」

「特ダネとオリンピックと、どっちが大事なんですか！」

濱中は、思わずゴミ箱を蹴飛《けと》ばした。背の高いゴミ箱が床に転がり、書き損じた原稿用紙などが散らばる。

「貴様、ふざけるな！」宮が立ち上がる。小柄なのだが、怒りで顔を真っ赤にして、体が膨《ふく》れ上がったように見える。

「ふざけてるのはどっちですか！」濱中は怒鳴り返した。「記者の基本を忘れてるんじゃないんですか」

「何だと！」

宮が摑《つか》みかかってきた。濱中は宮の胸を突いて押し返そうとしたが、宮の握力は案外強い。他の社会部員たちが割って入ってきたものの、宮は濱中のシャツを離そうとしなかった。

「煩《うるさ》いねえ」

呑気《のんき》な一声で、騒ぎは一気に引いた。部屋の片隅にあるソファから、社会部長の水《み》谷孝雄《ずたにたかお》が立ち上がる。よれよれのワイシャツのボタンは二つ外れており、胸毛が覗《のぞ》いていた。髪はくしゃくしゃ、顔の下半分は髯《ひげ》で黒くなっており、目も赤い。

またあそこに泊まったのかよ、と濱中は呆《あき》れた。水谷はよく、酒を吞《の》んで酔っぱらっては社に戻り、最終版の締め切りまであれやこれやと仕事の指示を出す。そしてそのまま、自分のデスクの後ろにあるソファにひっくり返って寝てしまうのだ。だらしない限りだが、何となく憎めない男で、部員の間で人気は高い。勢いだけで突っ走っているように見えて実は緻密《ちみつ》であり、まずミスを犯さない。濱中も、事件記者の先輩として尊敬していた。

「こんな朝早くから、何を騒いでるんだ？」水谷が大きく伸びをした。小柄で小太りの体型のせいか、だるまに手足がついているようにしか見えない。

「もう八時ですよ」どうやら冷静になったらしい宮が、鬱陶《うっとう》しそうに指摘した。

「お、そうか。いよいよ開会式だな」欠伸《あくび》を嚙み殺し、水谷が濱中の顔をちらりと見た。「騒動の原因はお前か」

「いや、俺は別に、騒動なんて――」

「飯」

「は？」

「朝飯、つき合え。どうせ食ってないんだろうが」

「それは――」

「いいから。俺は一人で飯を食うのが嫌いなんだよ」

ワイシャツの胸元に手を突っこんでぼりぼりと搔《か》きながら、今度は盛大に欠伸をする。そのまま、濱中の顔を見もせずに歩き出してしまった。濱中は仕方なく、水谷の後を追った。小柄な割に水谷は歩くのが早く、階段など、ほとんど走る感じで下りて行く。結局編集局の二階下にある喫茶室に入るまで、追いつけなかった。

朝八時過ぎの喫茶室は、さすがにがらがらだ。泊まり明けの記者たちが慌てて朝食をかきこむのは七時台である。水谷はモーニングのセットを頼んだ。トーストとゆで卵、コーヒー。彼はいったい、ここで何百回朝飯を食べたのだろう、と濱中は訝《いぶか》った。同じ物を頼んで、すぐに運ばれてきたコーヒーをブラックで啜《すす》る。水谷は、砂糖とミルクをたっぷり加えた。

「で、草加次郎がどうした」

濱中は思わずコーヒーを吹き出しそうになった。この部長は、いったいいつから話を聞いていたのだろう。まったく油断のできない男だ。

「本人に接触できそうなんです」

「おいおい」水谷が目を見開く。「何で本人だと分かるんだ」

「京橋の事件で、乾電池から『郎』の字が見つかっていますよね」

「ああ」

「あの乾電池……三菱《みつびし》製だったんです」

「それは、表に出ていない話だな？」水谷の眼光が急に鋭くなった。

「ええ。『郎』の字の話は記事になっていますけど、電池のメーカーについては、警察では伏せていました」

「こっちはそれを呑んだわけか。まあ、犯人しか知り得ない事実だな……当てずっぽうで言っている可能性はないのか」

「そこは信じたいと思います。本人は、自分がやった証拠を、まだいくらでも挙げられると言っているので」

「何で名乗り出てきたんだ？　そもそもどうしてうちなんだ」

「どうしてうちかはまだ分かりませんが、電話がかかってきたんですよ」

「本人から？」

「ええ」

その電話を濱中が受けたのは、一週間ほど前だった。泊まり勤務で、紙面作りが一段落した午前一時過ぎ。眠気に耐えながら最終版のゲラ刷りを読んでいる時に、目の前の電話が鳴った。

「京橋の爆弾事件のことで話があります」

そう切り出され、濱中の意識は一気に鮮明になった。地下鉄の京橋駅で電車内に時限爆弾がしかけられ、乗客十人が重軽傷を負った事件は、昨年九月五日に発生した。当時、警視庁クラブで捜査一課の担当だった濱中は、当然この件で取材に駆け回った――これが「草加次郎」が起こしたと見られる最後の事件である。

そもそもが、動機を摑みにくい犯人だった。

事の発端は二年前、一九六二年十一月に遡る。島倉千代子《しまくらちよこ》の後援会事務所に送りつけられた封筒に入ったボール紙のケースが発火し、後援会の幹事が軽傷を負った。この時、ボール紙に書かれていた名前が「草加次郎」。同じ月には、世田谷《せたがや》区内の公衆電話ボックスに置かれた本が爆発し、本に挟まれた紙片に、やはり「草加次郎」の名前があった。

一九六三年に入ってからは、七月に東横《とうよこ》デパートが脅迫され、実際に爆弾が爆発する事件が七月から八月にかけて起きている。そして九月の京橋駅爆破事件——世間は草加次郎を「爆弾魔」と呼んだ。鳴りを潜めて一年以上が経つが、もちろん警察は執念で捜査を続けている。実際この件は、オリンピックへの悪影響大、と判断されていたのだ。外国からの賓客《ひんきゃく》も多い世紀の祭典で爆弾騒ぎなどが起きたら、日本のメンツが潰れる、ということだ。

濱中は、今年の春に警視庁クラブを離れて本社の遊軍に移ってきたが、草加次郎事件は心残りだった。三年間の捜査一課担当の最後の方に起きた事件で、しかも未解決故、喉《のど》に刺《とげ》が刺さったような気分だったのである。

当時、まことしやかにささやかれていた噂《うわさ》に、「警視庁は既に犯人を割り出し、殺してしまった」というものがあった。逮捕せずに、非合法な手段を使って極秘に処分したとされる理由は、「犯人は警察官だったから」。身内の恥を晒《さら》すわけにはいかないからだ——というものである。しかし濱中は、この噂を一笑に付していた。いくら何でも、日本の警察はそんなことはしない。つき合っている刑事たちの顔を思い浮かべても、そんなことをする人間がいるとは思えなかった。

「そいつとは何回話した？」

「電話で三回、話しています」

「信憑性《しんぴょうせい》はどうなんだ？」

「電池の件は、裏が取れています。警視庁も興味を持っています」実際には「興味を持つ」どころか、濱中と共同戦線を組んでいる。だからこそ、何としても今日、記事にしなければならないのだ。このタイミングを逃すと、警察が表だって動き出すので、各社同着になってしまうだろう。その事実を部長にどこまで話すか……濱中は悩んだ。

しかしそれも、一瞬のことだった。水谷も事件記者上がりで、紙面では何より事件の記事を重視する。「特ダネなら二段大きくしてやる」が口癖で、いつも若い記者たちの尻を叩いていた。見出しの大きさが二段大きくなっても中身が変わるわけではない——濱中は少しだけ白けた気分で見ていたが、実際には自分も、水谷の考えに毒されている。この特ダネを一面に——社会面よりも格上だ——売りこもうと考えていたのだから。

話そう。そう決めて、濱中は深呼吸した。

「実は、この件は警察と協力してやっています」

「ほう」興味を引かれたようで、水谷がいっそう目を見開く。

「当時、捜査は一課が中心になってやっていたんですが、俺は今でも連絡を取り合ってます。今回の電話でも、裏を取るのに協力してもらいました」

「それで？」

「今日、俺がインタビューした後で、警察が踏みこむ手はずになっています」

「そいつはまたずいぶん、警察もサービスしたもんだな」水谷が皮肉っぽく言った。

「新聞優先で、犯人にインタビューさせるとはな」

「この件は、警察よりも先にうちが情報を掴んだんですよ」むっとして濱中は言い返した。「うちが先に話を聞く権利はあるでしょう」

「で？　草加次郎は何を話したがってるんだ？　そもそも何で、今になって打ち明ける気になった？」

「草加次郎の狙いはオリンピックだったんです」

「何だと」水谷の顔から血の気が引く。「お前、その件は宮に話したのか？」

「話す前に門前払いされましたから」先ほどの怒りが蘇《よみがえ》ってきた。「宮さんの、デスクとしての指揮能力には問題がありますね。事の本質を見抜く力がない」

「あいつが近視眼的なのは間違いないよ」水谷が親指と人差し指で丸を作って、右目に当てた。「目先のことしか見えてないからな。デスクとしては、それは致命的な弱点だ」

「まったくです。宮さん、この前も……」言いかけ、濱中は咳払《せき》いをした。宮の悪口を言い始めたら、一時間や二時間では済まない。煙草に火を点け、深く煙を吸いこんで気持ちを落ち着かせた。

水谷が濱中のハイライトを一本引き抜き、ワイシャツのポケットから高級そうなライターを取り出して火を点けた。万事に雑な男で、服装にもまったく気を配っていないのだが、何故かライターだけは金無垢《きんむく》である。そこに濱中は、かすかな癒着《ゆちゃく》の臭いを感じ取っていた。社会部記者は反骨で、権力に屈しない――それは単なる看板のようなもので、実際には誰かと癒着していることも少なくない。

「とにかく、今の話で格上げだな。まさか、本当に開会式を狙っているんじゃないだろうな」

「いや、そもそも『諦《あきら》めた』と言っているんです」

「そんなことを、お前に告白したのか？」

「悔しい、と。開会式を狙うつもりでいたけど、想像していたより警備が厳しい。結局断念して、新聞にすべてを告白する気になったそうです」

「逮捕覚悟なのか」

「ええ。捕まる前に、言いたいことは全部言っておきたいって。それは、分からないでもないですよね？」

「ああ。犯人の心理としては、ありだな」水谷がうなずく。「何が動機なんだ？」

「社会に対する不満、ということでしょうか。単なる愉快犯ではないです。本人は、六〇年安保の時に活動していたと言っています」

「活動家崩れ、か」

「ええ。いずれにせよ、新しいタイプの犯罪者かもしれませんね」

「人定はできてるのか？」

「まだ曖昧なんですが……名前は草加次郎ではありません。あれは、ペンネームのようなものです。本人は、『額賀宏《ぬかがひろし》』と名乗っています。ただし、裏は取れていません。この件はまだ、警察にも話していませんから」

「それは正解だな」水谷がうなずく。「あまり警察に情報を漏らし過ぎると、こっちを無視して先走りする恐れもある。話していて、どういう感じの人間だった？」

「インテリ臭いですね」冷静な声。理路整然と話す口調——濱中の頭には、電話での会話がはっきりと残っている。「大卒か、あるいは大学生か。理系のような気がします」

「なるほど。いい話だ……しかし実際、紙面は空いてないぞ」

「そこを何とかお願いできないですか」濱中は身を乗り出した。「もう、予定稿も用意してるんです」

「熱心なのはいいが、お前、そもそものやり方を間違えてる。一週間前にネタを摑んでおいて、オリンピックの開会当日になってそんな大ネタを持ち出されても、デスクも困るだろう。素人《しろうと》じゃないんだから……お前、何年目だ」

「十年生です……とにかく最初の情報では、犯人しか知り得ない事実が一つしかなかった。確証が摑めなかったんです。確証が取れて、本人が面会に応じると言ったのが今日なんですから、記事にするのが今日でも自然ですよ」

「ほう、一人前に、ネタの囲いこみができるようになったかと思ったぞ」水谷がにやりと笑う。「ぎりぎりまで内輪に対しても隠しておいて、最終版でど-んと出すのは、気持ちがいいものだからな」

「まあ、それは……」濱中は耳が赤くなるのを感じた。自分一人で取材を進め、極秘にしてきたことがよかったのかどうか。もう少し早めにデスクに相談すれば、何とか紙面を空けられたかもしれないし、もっと早く接触できていた可能性もある。

「とにかく、夕刊は無理だ」

「朝刊だと同着になるかもしれません」

「じゃあ、どうする」

「何とか夕刊を空けてもらって――」

「号外だな」唐突に水谷が言った。

「はい？」

「号外だよ。草加次郎、本紙に自白——十分、号外に値するネタだと思うけどね」

考えてもいなかった。濱中も、号外の発行にかかわったことはある。確かあれは、記者の側には大した負担はかからないのだ。いつも通りに取材して、いつも通りに原稿を書く。大騒ぎになるのは、朝刊・夕刊のローテーションの狭間《はざま》で仕事をしなければならない印刷工場の連中である。

「草加次郎——額賀とかいう男と面会するのは何時だ？」

「十一時です」

「予定稿をしっかり作れ。号外用に短く書くんだ。大事なのは犯人の写真だな。それが何よりの証拠になる」

「写真部を手配します」

「どこで会うことになってる？」

「世田谷にあるアパートです。そこが額賀の家らしいんですが……今朝早く、俺の家に直接電話がありました。それが三回目の電話です」朝五時。それで慌てて、濱中は会社に出てきたのだ。

「お前、自分の住所を教えたのか？」水谷が厳しい表情になる。「爆弾でも仕かけられたらどうするんだ。嫁さんも子どももいるだろうが」

「特ダネのためなら、家を吹き飛ばされたって安いものですよ」まだ三歳の長男のことを考えると、鼓動が一気に跳ね上がったが、濱中は平静を装《よそお》った。

「阿呆」水谷が本気で叱りつける。「命あってだぞ。もっと慎重になれ。お前みたいに戦争に行ってない人間には分からないかもしれないが、俺は命の大事さをよく知ってる」

「……すみません」本心ではないが、濱中は頭を下げた。水谷も、戦時中は中国で苦労した口だ。

しかし今朝の三回目の電話がなければ、記事にしようとは思わなかった。まだ、草加次郎だと確信できなかったから……向こうが唐突に、二つ目の「犯人しか知り得ない事実」を明かしたのだ。

「実は今朝の電話で、東横デパート事件の件で新しい証言があったんです」

「あれは、草加次郎の犯行かどうか、分からないぞ」水谷が疑わしげに言った。

「ええ。でも、金の受け渡し場所にいた警察官の様子を知っているんですよ。一人、赤いシャツで行った刑事がいましてね……ものすごく目立って、草加次郎はそれで警戒して、金を受け取りに現れなかったんじゃないかと言われています。当の刑事は、それで大目玉を食いました」

「ふむ……確かに、受け渡し場所を事前に知っていないと、その情報は分からなかっただろうな。正直、乾電池の話だけだと危ない感じだが、犯人しか知り得ない事実が二つ揃《そろ》っていれば、間違いないだろう」

「ええ」

「とにかく、十二時までに何とかしろ。本人の証言をきっちり取るんだ。今日は夕刊最終版の締め切りが遅いから、早版と遅版の間に号外の印刷を突っこめる。俺が直に交渉しておくから」

「ありがとうございます」

濱中は深々と頭を下げた。さすが、事件記者の先輩として頼りになる人だ。こいつは一大事――記者として一生のうちに一度経験できるかどうかということだ。特ダネを号外で発行するなど、破格の扱いである。

やってやる。人生最高の特ダネを、しっかり物にしてやる。

2

東京・地下鉄銀座線の京橋駅構内で、発車直前の車両に爆弾がしかけられ、乗客十人が怪我をするなど、一連の「草加次郎」事件で、犯人を名乗る男が東日新聞の単独

取材に応じた。男は、爆弾に使用した乾電池の種類などについて正確に供述しており、警視庁の連続爆発事件特別捜査本部では、男を逮捕、厳しく追及している。男は「オリンピックの開会式も狙うつもりだった」と話しており、東京中を騒がせた「爆弾魔」事件は、急展開を迎えた。

男は、世田谷区在住の「額賀宏」●歳と名乗っている。（職業、学歴等入れる）と話している。

「額賀」は、六〇年安保騒動の時に大学生で（?）安保反対運動に身を投じていたが、終息後に強硬策による「世直し」（?要取材）のために、一連の事件を思い立ったという。次第に犯行をエスカレートさせ、オリンピック開会式での爆破事件を計画したものの、警備の厳重さに恐れをなして断念。「計画が実現できなかった」として、本紙に対して「自供」することにしたという。

一連の事件は、三十七年十一月四日、歌手島倉千代子さんの後援会事務所に爆弾が郵送されたのが最初。これを皮切りに、映画館、公衆電話ボックスと爆発事件が次々に発生、翌三十八年九月五日には、地下鉄銀座線京橋駅で電車爆破事件が起きた。爆弾事件は計九件、この他にもピストル狙撃事件、十八件に及ぶ脅迫事件など、「草加次郎」を名乗った犯人は世間を震え上がらせた。―

濱中は水谷に事情を話してから二十分で、原稿をまとめた。十五字詰めで四十行……多少物足りない感じもするが、まだ空白になっている部分も多く、そこを埋めれば字数は増えるだろう。実際にインタビューして、まず京橋事件の詳細、さらに動機を語らせれば、記事はさらに膨らむ。「額賀」の写真を大きくあしらえば、号外の表面は完全に埋まるはずだ。裏面には、できたらこの予定稿の過去の事件部分を入れていきたい。表を作るのも手だが、そこまでは手が回らないか……いや、何とかなるだろう。部長肝《きも》いりで号外発行の準備が進められているから、手の空いた遊軍の記者が何人か、手伝ってくれることになったのだ。頼りになる連中だから、過去の事件のまとめなどは全面的に任せてしまっていい。

濱中は煙草に火を点け、もう一度原稿を読み返した。まずまず……まだ本人に会っていない段階では、上出来と言っていいだろう。あとはどこまで話を具体的に、さらに膨らませていけるかだ。裏面には、過去の事件の写真を使えば、十分埋まるのだが、せっかく号外の裏表をもらったのだ、できるだけ新しい情報を入れていきたい。

「できたか？」

水谷がすっと脇に立った。デスク任せにせず、部長自ら処理するつもりらしい。宮が内心苛々《いらいら》している様を想像して、濱中は思わずにやりと笑ってしまった。

水谷に原稿を渡す。あっという間に読んでしまうと、「サツの話を入れろ」と短く指示した。

「現段階では、入れられる話はないんですが」

「阿呆、お前のお友だちが捜査一課にいるだろうが。非公式でいいから、真犯人と判断できる材料のコメントを引き出すんだ」

「いいんですか？　警視庁クラブを飛びこえてやることになりますけど」捜査一課長の正式なコメントを取らせようと思っていたのだが……。

「警視庁クラブは、この件でお前に抜かれたことになるんじゃないか」水谷が皮肉に唇を歪《ゆが》めた。「そんな連中に任せる必要はない」

「分かりました」

「ネタ元は、担当が終わっても大事にしておくべきだな」

「まったくです」

書きかけの原稿を抱え、濱中は社会部を出た。午前九時過ぎ、社会部も含めた編集局のざわつきは耐えがたいほどになっており、電話で微妙な話をするには不適切な環境だ。濱中は、遊軍が普段使っている別室に足を運び、ドアを閉めた。いつもはここで誰かが電話取材したり、原稿を書いたりしているのだが、オリンピックのせいで、さすがに今日は無人である。

「よし、と」気合いを入れて、煙草に火を点ける。いったい今日何本目か……喉がいがらっぽく、飴《あめ》か何かを舐《な》めたくなったが、号外の件が一段落するまでには、まだ何本も灰にしなければならないだろう。

受話器を取り上げ、今朝打ち合わせておいた番号に電話をかける。警視庁の本部ではなく、特捜本部が置かれた渋谷署の一室にかかる電話だ。

「峯脇《みねわき》」

これ以上ないほど、無愛想な声。しかし濱中にとってはいつものことで、慣れている。元々、こういう話し方しかできない男なのだ。

「濱中です」

「おう」

「号外を出しますよ」

「号外？　大事《おおごと》じゃないか」

「今日、紙面が空いてないんですよ」

「まあ、オリンピックだからな……ということは、水も漏らさぬ準備が必要になる」

「まさか、張り込みしてないでしょうね」

「それはない。約束は守る」

濱中は安堵《あんど》の吐息をついた。

「額賀」から電話がかかってきて、最初に相談した相手が峯脇だった。捜査一課の管理官として草加次郎事件の指揮を執《と》っていた峯脇に、濱中は担当時代から食いこんでいた。何度も一緒に酒を酌《く》み交わし、草加次郎の正体について推理を戦わせてきた、いわば同志。当時の担当記者の中で一番親しくしていたのは間違いないという自信はあったし、担当を外れて遊軍になった後も、ずっと連絡を取り合っていた。濱中にとっても特別な事件――何を担当していようが、何とか自分の手で犯人に辿《たど》り着きたいと思っていた。峯脇も志は同じで、だからこそ濱中は、真っ先に連絡を取ったのである。記者としてはあるまじきことで、まず遊軍のキャップや警視庁クラブ、デスクに報告すべきだったのだが……何より、犯人逮捕を確実にする必要があった。草加次郎は、重傷を負わせた事件の犯人――凶悪犯なのだから。

これが他の刑事だったら、上手くいかなかったかもしれない。大きな事件が起きると、警察にも新聞社にも情報が殺到する。その多くが使い物にならない話で、特に新聞社には冗談で電話してくる人間も多い。それ故警察の方では、新聞社側からの情報提供を疑ってかかることが多いのだが……峯脇にとって濱中は「別格」だった。すぐに「乾電池」の情報に食いつき、濱中を「釣り針」として使う、と宣言した。道具だと言われて少しだけむっとしたのだが、目的は二人とも同じである。代わりに濱中は、逮捕に先んじた単独インタビューを峯脇に確約させた。警察の立場としては、疑わしい人間がいればすぐに引っ張って事情聴取したい。しかしそれを先延ばしにしてまで、濱中に取材の猶予《ゆうよ》を与えたのだ。今朝も、「額賀」から電話がかかってきてすぐに峯脇に連絡を入れ、二つ目の「犯人しか知り得ない事実」が確かだったと確認した。

　この事実は、警察内部でもごく一部の人間しか知らないはずだ。他の人間が知れば、新聞社の都合など無視してさっさと逮捕、ということになりかねない。いわば濱中と峯脇の「共謀」だ。あまり褒《ほ》められた話ではないかもしれないが、両者の利益を上手く両立できる。濱中としては、警察の介入が早まることだけは避けたかった。容疑者を特定すれば、張り込みなり尾行なりをして監視するのは警察として普通のやり方だが、それで「額賀」に気づかれたら困る。こちらとしては、「会う」という額賀の言葉を信じて、それまでは泳がせておきたかった。

「時間を合わせよう……あんたが会いに行くのは？」

「十一時」

「あと二時間弱か。インタビューは一時間で十分だな？」

「ええ」

「こっちは一時間しか待たないからな。十二時ちょうどに踏みこむ」

「任意同行ですね？」

「現段階ではな。その後は少し乱暴にやらせてもらう……しかし、逮捕は各社同着になるかもしれないぞ」

「所轄じゃなくて、本部へ引っ張るんですか?」

「そのつもりだ」

「だったら仕方ないです。本部へ引っ張って行けば、絶対にばれますからね」

「ブンヤさんたちの目は節穴じゃないからな……現地では、会わないように気をつけよう」

「そのつもりです」

濱中は、煙草を灰皿に押しつけた。珍しく、灰皿に他の吸殻《すいがら》はなかった。朝方掃除の人が片づけていって、その後誰も使っていないということだ。

「目も合わせないようにしよう」

「そもそも、俺の目が届く範囲にいないで下さいよ」

「合図はどうする」

「無事に会えるようなら、ドアのところに新聞を置いておきます。それが目印になるでしょう」

「新聞を置いてから一時間。それ以上は待たない」

「了解してますよ」

電話を切って、濱中はその瞬間を想像した。まず、十一時に自分が部屋に入る。誰か記者を一人同行し、メモ取りに専念させるつもりだった。あとはカメラマン。もしかしたらカメラマンは拒否されるかもしれない……話はするが、写真は撮られたくないと考える人間がいてもおかしくないのだ。いっそ、カメラマンには外で待機してもらうか。インタビューが終わったタイミングで部屋に入ってもらい、そこで強引に一枚。それがいい。濱中自身はその前に、できるだけ淡々と話を聞くつもりだった。「額賀」は新しいタイプの犯罪者で、濱中の常識では計り知れない人間だと思うが、こちらが感情を露《あら》わにしたら駄目だ。感情を交《まじ》えず、ただ質問をぶつけ続ける――それしかない。最後にカメラマンが乱入して写真を撮ったら、「額賀」は激怒するかもしれないが、そこで怒っても後の祭りだ。その直後、自分たちを押しのけるように峯脇が突入し、ただちに身柄確保。「逮捕」ではないが、刑事たちが何人も部屋に入りこんできたら、抵抗はできまい。どさくさに紛れて自分たちは脱出し、近くで公衆電話を見つけて直ちに原稿の「穴あき」部分を埋める情報を送る――十二時半にはすべてが終わり、号外は直ちに印刷に回されるはずだ。

となると、時間がない。まず、「額賀」の住所を下見して、公衆電話を確保しておかないと。無線を使う手もあるが、誰かに盗み聞きされるのが怖い。無線は傍受《ぼうじゅ》される恐れがある、と考えておいた方がいい。

よし、出動だ。社会部へ戻る濱中は、自然に駆け足になっていた。

3

原稿を水谷に任せ、濱中は世田谷へ移動した。ますます都合がいい状況になってくる。公衆電話どころか、「額賀」のアパートの近くには東日新聞の販売店があったのだ。距離にして百メートルほど、ここへ駆けこめば、すぐに本社に連絡が取れる。

「何か、大事件かね」でっぷりして頬の肉が垂れ下がった六十絡《がら》みの店主は、興味津々《しんしん》といった様子だった。

「びっくりしますよ……今日の午後は、空けておいてもらった方がいいかもしれませんよ」

「午後は、オリンピックの開会式じゃないか」店主が顔をしかめた。

「それどころじゃないかもしれませんよ」

号外は大抵、ターミナル駅周辺で配られる。しかし時と場合によっては、各地の販売店まで運びこまれ、近くの駅などで配布してもらうこともあるのだ。今回の件は……そこまでやることかどうかは分からない。

「開会式より大事な話なんて、あるのかね」

「開会式は、どこが書いても同じでしょう。こっちは特ダネですよ、特ダネ」

店主はどこか不満そうな表情を見せたが、濱中の説明にうなずいた。

「取り敢えず、ちょっと電話を貸してもらえませんか？　本社に連絡したいんです」

「どうぞ」

販売店の作業場所――新聞に広告を折りこんだりする場所だ――の片隅にある黒電話を手に取る。社会部の番号を回し、出た記者に部長に代わってもらった。

「どんな具合だ？」

「これから偵察です。取り敢えず、近くの販売店に電話を貸してもらうことになりまして……今、そのテストです」

「現場からそこまで、どれぐらいある？」

「百メートル」

「よし。ボブ・ヘイズ並みに走れ」

濱中は思わず笑ってしまった。人類史上初めて、百メートル十秒の壁を破るのではないかと言われているアメリカの俊足選手のことは、反オリンピック派の濱中でも知っている。

電話を切って販売店を出ると、濱中は外で待機していた遊軍の若手記者・高嶋《たかしま》とカメラマンの森口《もりぐち》にうなずきかけた。十時ちょうど……約束の時間まであと一時間だ。

「現場を確認しよう」

二人が無言でうなずく。緊張しているのは、顔を見ただけで分かった。

アパートは、東急大井町線等々力駅《とうきゅうおおいまちせんとどろきえき》の近くにある。こぢんまりとした商店街の外れで、独身のサラリーマンが住むような建物だった。傍《かたわ》らを、成城学園前《せいじょうがくえんまえ》駅行きのバスが通り過ぎる。八百屋《やおや》、町医者、パン屋と小さな店が軒《のき》を連ねる商店街は今は賑《にぎ》やかだが、間もなく街頭からは人が消えるだろう。皆、テレビのある場所に集まって開会式に釘《くぎ》づけになるはずだ。

交通量が多い場所なので車を停《と》めておくわけにはいかず、濱中は少し離れた場所で待機するよう、運転手に命じていた。当然、社旗は外させている。

濱中は森口に命じ、アパート自体とその周辺の写真を撮らせた。号外用ではなく、明日の朝刊で使うためだ。さらに高嶋と手分けして、周辺の聞き込みを始める。時間もないし、派手にやるわけにはいかないが、何とか「額賀」の人物像を摑んでおきたかった。

「暗い人だったみたいですね」落ち合うと、高嶋が報告する。「近所の人と目が合っても、挨拶《あいさつ》もしなかったようです」

「アパートだから仕方ないかもしれない。奴が連行された後で、アパートの住人に聞いてみよう。さすがに、同じアパートに住んでいれば、言葉を交わしたことぐらい、あるんじゃないか」草加次郎がいったいどんな人間なのか——記事には必須の材料である。

「濱中さんの方、どうですか」

「そこの牛乳屋のおばさんが、見たことがあるらしい」濱中は、アパートの二軒先にある牛乳屋に向けて顎《あご》をしゃくった。「隣の部屋に毎朝届けてるそうなんだが、急にドアが開いて、ばったり顔を合わせたことがあるそうだ」

「どんな感じの人間なんですか？」

濱中は一瞬目を瞑《つぶ》った。人の記憶がどれだけ当てになるか……見かけたのは二ヵ月、あるいは三ヵ月前だという。いずれにせよ夏場で、半袖の下着姿の「額賀」は、ドアを開けて目が合った瞬間、うつむいてしまったのだという。彼女が見たのは、「額賀」の頭の天辺《てっぺん》だけだった。ごく短く髪を刈り揃えており、地肌が透《す》けるほどだった――顔の印象はほとんど残っていないという。実際、見たかどうかも定かではなかった。中肉中背、若い男、と分かっただけだった。

ただ、印象はよくないという。彼女の挨拶に一言も返さず、いきなりドアを閉めてしまったから。まるで、他人と会話するのを恐れるようだったという。

濱中は、都会でひっそりと一人暮らしをする、地方出身の大学生を想像した。それは、電話で聞いた「額賀」の声にも起因するものである。冷静で理知的、とても爆弾を破裂させるような人間とは思えなかったが、言葉自体は重い。自分の信念を信じて、ひたすら内に籠《こも》って準備を進めるような生活――大学進学で東京へ出て来て、すぐに六〇年安保騒動に巻きこまれたが、何もできないまま騒動は終息。燻《くすぶ》る気持ちを抑えられずに一連の犯行に走った――そういう人間が、社交的な生活を送っているとは思えない。一人アパートにこもり、ひたすら淡々と爆弾を作っている様を想像すると、背筋が冷たくなった。間違って建物を吹き飛ばしてしまう可能性もあるのだから。

問題は、一時間という短い時間でどれだけ喋《しゃべ》らせることができるか、だ。高嶋には、言葉を挟まないようにと既に言い渡してある。電話で話した限り、「額賀」は緊張しやすいタイプのようだ。二人が次々と質問を発すれば、黙りこんでしまうかもしれない。何とか信頼関係を作り、全面自供に追いこまないと。

「時計、合ってるか」濱中は自分の腕時計を人差し指で叩きながら森口に訊《たず》ねた。

「今、十時五十五分だ」

森口が腕時計を見て、「合ってますよ」と短く言った。

「十二時ちょうど……いや、十一時五十八分に部屋に入ってくれ。十二時ちょうどにサツが踏みこんでくる。それまでには写真を撮り終えて、脱出だ。サツと揉《も》めたら面倒なことになるからな」

「二分か……ちょっときついですね」森口が顔をしかめる。「光の具合が分からないから」

「基本的には暗いと思うよ」

「でしょうね」

よく晴れた一日――まさに日本晴れなのだが、アパートの窓は北向きだ。しかもそちら側には家が建ち並び、まともに光は入らないに違いない。南側にあるドアを開け放しにしておいても、さほど状況は好転しないだろう。

「ま、先にストロボ一発で撮りますよ。それで様子を見ましょう……この辺で待機しておいた方がいいですか？」

「いや、車に戻っていてくれないか。この辺で、カメラをぶら下げた人間がうろうろしてると、目立ってしょうがない。サツにもちょっかいを出されたくないんだ」

「出して来ますかね」森口の顔が翳《かげ》る。

「奴らが何を考えているかは分からないよ」峯脇は、こちらの事情を全て知っている。しかし、彼が率いる部下に対しては、秘密にしている可能性が高い。カメラマンがうろうろしているのを見たら、職質してくるかもしれない。「隠れてるのが一番だ。車の中にいれば、何も言われないだろう。声をかけられたら、他の取材だって話をでっち上げてくれ」

「今日、オリンピック以外の取材に行ってるカメラマンなんて、俺ぐらいでしょうね」皮肉を一つ吐いて、森口が去って行った。

背中を見送ってから、濱中はもう一度腕時計を見た。煙草を吸いたかったが、もう時間がない。

「行くぞ」

高嶋に声をかけて歩き出す。高嶋は一歩遅れてついて来た。顔は見えないが、緊張した気配ははっきり伝わってくる。気持ちは分かるが、取材は取材だ。いつもやっていること……しかし濱中は、いつの間にか自分もぎくしゃくと歩いているのに気づいた。記者生活十年、間違いなく最大級の特ダネである。これで緊張しないわけがない。

部屋はアパートの二階。中は六畳二間ぐらいではないかと濱中は想像した。小脇に抱えた東日の朝刊を引き抜く。「接触成功」の合図で、これをドアのところに置かなければ。

十一時ちょうど。

ドアをノックしようとして上げかけた手を、濱中は宙で止めた。周囲をぐるりと見回す。商店街の喧騒《けんそう》から外れた静かな住宅街で、人の姿は見当たらない。しかし、峯脇の部下が、この辺に潜んでいるのは間違いないだろう。峯脇本人は、どこか離れた場所で待機しているはずだが、時間ちょうどに部下を現場に向かわせるようなことはしないはずだ。はっきりとは言わないが、当該の住所で十二時まで待機、という命令は下しているはずである。何が起きるか分からないから、不測の事態に備えるのは当たり前だ。

「やりますか？」高嶋が硬い声で言った。

「ああ」

ノックする……返事はない。用心しているのだろうか。五秒ほど間を置いて、もう一度ノック。やはり返事はなかった。濱中は思わず、高嶋と顔を見合わせた。新聞を脇に挟み、ドアノブに手をかけてみる。ゆっくりと回す——鍵はかかっていない。もちろん、常に鍵をかけているとは限らないのだが、濱中は嫌な予感に襲われた。

「開いてる」

「不用心ですね」

「いや……逃げたかもしれない」

「まさか」高嶋の声が裏返る。

「鍵もかけずに、慌てて逃げ出した可能性もあるぞ」

「じゃあ、草加次郎じゃなかったんですか？」

「もしかしたら、面と向かって話すのが怖くなって逃げ出した、とかな」

「まずいですね」

「言われなくても分かってる」

濱中は、思い切ってドアを開けた。とはいえ、ほんの五センチ。ゆっくりと隙間を広げ、顔が入るだけ開くと、そこから声をかけた。

「額賀さん？　いますか？」返事はない。やけにひんやりした空気が、部屋から噴き出していた。もしかしたら窓が開いている？　ドアではなく、窓から逃げ出して、開けっ放しなのではないだろうか。

クソ、どうする？　踏みこむか、それとも警察が来るのを待つか。

「どうしますか」

濱中の苛立ちを加速させるように、高嶋が訊ねる。時間がない……号外は、穴埋めした後での印刷を待っているのだ。何とかはっきりさせないと。

濱中は思い切ってドアを全開にした。玄関には、下駄が一足。上がってすぐは台所になっていたが、生活の臭いは感じられない。住む人などいないような感じだった。

台所の奥にある部屋……ドアは半分ほど開いていた。そこに、人の足が見える。両足……靴下の白がやけに鮮やかだった。寝ているのか、と濱中は訝った。

「何でしょう」背後から高嶋が訊ねたが、声は震えている。

「分からん」

濱中は靴を脱いだ。台所に立ち、もう一度「額賀さん」と声をかける。濱中は、鼓動がやけに速くなっているのを意識した。クソ、これは……このまま進んでいいかどうか、迷う。しかし、自分の目で確認しない限り、どうしようもない。

のろのろと進んだ。台所を横切る数メートルが、マラソンの距離のように感じられる。腿《もも》に拳を打ちつけ、自分に気合いを入れて何とか奥の部屋のドアを広く開けた。

死んでいる。

濱中は思わず息を吞んだ。「額賀」と見られる男は、壁に背中を預け、息絶えていた。首の深い傷、まき散らかされた血痕からも、既に絶命しているのは明らかである。目は閉じており、血まみれになって垂れた右手の先、畳の上には包丁があった。鋭利な刃物に、うねるような血の痕《あと》……自殺だ。首の傷は左側だが、右手に包丁を持って自分の首筋を傷つけようとする場合、左側に刃先をあてがうのは不自然ではない。

部屋の様子を確認する。ほとんど家具はない……「爆弾工場」のような状態も想像していたのだが、工具の類も見当たらなかった。デスク、本棚、ラジオ——争った様子はない。間違いなく自殺だ、と確信する。

濱中はゆっくりと唾を吞んだ。何なんだ、これは……中途半端に犯行の告白をしておいて、自殺。逃げるよりも性質《たち》が悪い。

「濱中さん……」高嶋が、不安気に声をかけてきた。「どうしたんですか？」

「死にやがったよ」

「え？」

「自殺だ」

「本当ですか？」高嶋の声が近づいてきた。

「入るな！」濱中は大声で警告した。「お前は、ここに入らなかったことにしておけ」

「しかし……」

「全員で警察の事情聴取を受けるようなことになったら、面倒だ」

その瞬間、濱中は、二ヵ所に連絡しなければならないことに気づいた。まず、峯脇。「額賀」が死んでいることを伝え、この状況の謎解きをしてもらわないと。新聞記者が現場を調べるには限界がある。警察の捜査力に頼らねば……。

もう一ヵ所、こちらの方が重要だ。号外を止めないと。

濱中は部屋を飛び出した。販売店まで百メートル。ボブ・ヘイズという訳にはいかないが、全力疾走した。普段の運動不足、それに煙草の吸い過ぎで、すぐに息が切れてしまう。しかし販売店に飛びこむと、驚いた表情を浮かべる店主を無視して、すぐに黒電話に飛びついた。社会部の番号を回し、誰が出たかも確認せずに、「中止だ！号外は中止！　ストップしろ！」と叫んだ。

最高の特ダネは、最悪の敗北に変わった。

4

「自殺は間違いない」

「そうですか……」

路上で峯脇と話しながら、濱中は改めて敗北感を味わっていた。

「名乗った通りの本人――額賀宏という男なのは間違いないよ。大学の学生証が部屋で見つかったし、アパートの大家にも確認できた」

「やっぱり、学生だったんですね」

「ああ、しかも理系だ。爆弾作りに関しては、当然文系の人間よりも詳しいだろうな……しかし、最高学府に学ぶ人間が、いったい何をやってるのかね」不機嫌な表情で峯脇が吐き捨てる。

「奴が草加次郎なんですか？」

「ああ、いや……失礼」峯脇が咳払いをした。「それはまだ確定できない。部屋をざっと調べてみたが、爆弾を作った証拠のようなものはないんだよ」

「片づけたかもしれないじゃないですか。痕跡が残っている可能性もあるでしょう。火薬とか……」濱中は、まだ「額賀＝草加次郎説」にこだわりたかった。

「もちろん調べるが、可能性は薄いな。遺書らしきものも出てきたんだが」

峯脇が、ノートを破ったらしい紙片を取り出した。濱中が受け取ろうとすると、さっと後ろに引く。何も嫌がらせをしなくても、と思ったが、峯脇は「あんたの指紋をつけるわけにはいかないだろうが」と言った。

それはその通りで……濱中は、峯脇が宙に翳《かざ》したままの「遺書」を読んだ。鉛筆書きで、かなりの達筆である。

この度の件については、話さないことにしました。話せません。もう一度……最後の一回を諦められません。東日新聞の濱中記者には申し訳ありませんが、この話は地獄まで持っていきます。私は、革命を起こしたかったのです。それは冗談でも何でもありません。私は本気でした。それを否定されれば、もう生きていくことはできません。

「俺宛じゃないですか」濱中は顔から血が引くのを感じた。内容をもう一度読み返し、今度はめまいを感じた。これは……。

「それはそうだが、これは証拠物件として押収《おうしゅう》する」峯脇が手を下ろした。

「この文言、告白文と同じですよね」

「しかし、具体的なことは書いていない」

「もう一度やる、と書いてあるじゃないですか」濱中には「犯行予告」とも読めた。

「それだけじゃ判断できない。とにかく、会場の警備は万全だから、心配するな」

「しかし……」

「結局、愉快犯だったんだよ」峯脇が不快そうに言った。「あんた、からかわれたんだ。号外は？」

「止めました」

「危ないところだったな」峯脇がうなずく。「恥をかかなくてよかったじゃないか。今回は名誉ある撤退ということで、な？」

納得できない。「額賀」が犯人なのは間違いないのだ。もっと証拠を集めて、今度は号外ではなく紙面で勝負——しかし濱中は、急速にやる気が失《う》せてくるのを感じていた。

「額賀」が死んだのはおれのせいだ。

今朝の会話……濱中は寝ぼけていたわけではない。電話をかけてきたのが誰か分かっただけで、一瞬で目が覚めたのだ。会話を交わしていく中で、「額賀」が「革命のためだ」と言った瞬間、濱中は笑ってしまった。六〇年安保運動が終息した今、革命などと言われても真剣味がない。そしてつい、「今さら革命なんて、冗談にもならない」と言ってしまった。今考えると、あの後、「額賀」は不自然に沈黙した。その後気を取り直したように、約束の時間を確認したのだが、声色《こわいろ》が変わっていた。低く、感情を抑えるような感じ……「額賀」はデリケートな男なのだろう。俺が笑ったことで、自分の真剣な犯行に水を差されたと思い、いきなり自殺してしまったのだから。遺書――書き置きが、その証明だ。

こんなことは誰にも言えない。自分のヘマで、草加次郎を永遠に失ってしまったかもしれないのだから。

近くの警察署に移動して、事情聴取。本社に状況を報告させるために、高嶋と森口は先に帰していた。一人だけの戦い……峯脇は敢えて事情聴取を担当せず――管理職の管理官だから当然だが――濱中は若い刑事に対して、「取材相手が自殺しているのをたまたま見つけた」とだけ説明を続けた。草加次郎の件については口をつぐむ。

「取材目的は」としつこく突っこまれたが、そこは「言えない」を貫いた。

終わって、既に午後……迎えの車に乗りこんで、オリンピックの開会式が始まる時間だと気づいた。興味はなかったが、聞き逃せない気もする。運転手にラジオをつけるように頼み、濱中はシートに背中を埋めた。ファンファーレ、そして実況が始まる。

「ついにオリンピックがやってきました。日本で初めての、アジアで初めてのオリンピック」

そうかい。だからどうした——自分のヘマに苛立ち、素直に開会式の感動に身を委《ゆだ》ねることができない。

5

オリンピックは順調に日程を消化し、東日社内は、濱中が予想していた以上にオリンピック一色になった。運動部は当然かかりきりだが、社会部も……社会面も連日オリンピックネタで埋め尽くされ、その取材に関わっていない人間として、濱中は肩身が狭い思いをしていた。顔を合わせる度《たび》に、最初に掲載を拒否した宮が嬉しそうな顔になるのが気にくわないが、反論しようもない。

水谷とは、現場から戻ってきた時に大喧嘩した。

「あの時点で号外をやめて、いくら損したと思ってんだ」

「本人だと確認できない時点で、書けませんよ」

「きっちり詰めておかないからこんなことになるんだ！」

その後水谷は、何事もなかったかのように振る舞っている。濱中に声をかけてくることはなく、それ故無言で非難されているようで気が重かった。

最悪ではないはずだ、と自分を慰《なぐさ》める。もしも印刷に回ってしまってからあんな状況になっていたら、刷った分が全て無駄になる。いわゆる「黒損」で、その分の印刷費用はミスした人間に負担させる——そんな噂がまことしやかにささやかれている。

十月十五日。濱中は遊軍別室で、ぼんやりとテレビを眺めていた。どうせ紙面も空いていないし、これじゃ出社する必要はないよな、と皮肉に考えながら……ＮＨＫは、国立競技場から女子の百メートル予選、男子円盤投げ予選などの模様を中継している。円盤投げなどまったく興味がないのだが、やることもないので仕方がない。しかし、本当にテレビはオリンピックばかりだ。ＮＨＫなど、朝から夜まで、延々と中継を続けている。

もう、草加次郎のことは書けないだろう。本当に「額賀」が草加次郎だとして、自殺の原因が、自分の不用意な言動にあったとしたら、絶対に表沙汰にはできない。自分のミスを、会社の仲間や警察に知られるわけにはいかなかった。日々、「書けない」「書かない」気持ちが強くなってくる。

電話が鳴った。無視しようか、と考える。しかし身に染みついた習慣で、左手を伸ばして受話器を摑んでしまった。

「はい、社会部」

「九鬼《くき》と申しますが」

「ああ、峯脇さん」九鬼は、峯脇が濱中に連絡を取ろうとする時に使う偽名だ。何でも昔の華族の名前らしい。

「何だ、あんたか」峯脇が気の抜けた声を出した。

「どうかしましたか」

草加次郎の件は、まったく動きがなかった。「額賀」の身元は確認できたのだが、草加次郎の犯行に結びつく材料はない、と峯脇は断言していた。彼の部屋からも周辺捜査からも、疑うべき材料は出てこなかった。

「あんただから言うが……」

「何ですか」濱中は少しだけ苛ついた。普段の峯脇は、こんなまどろっこしい喋り方はしない。

「爆弾が見つかった」

「爆弾って……」

「駒沢《こまざわ》」

「まさか、オリンピック公園ですか？」濱中は思わず立ち上がった。「いつですか」

「今朝だ。警戒していた所轄の連中が見つけた。ただし、不発だったようだな。時限装置の設定時間は、とうに過ぎていた。タイマーの様子からすると、どうやらサッカーの試合を狙ったようだが。十二日に、試合があったんだよな？」

濱中は慌てて、机に積み重ねた新聞の山をひっくり返した。十三日の朝刊……十二日は、ブラジルとアラブ連合共和国の試合があった日に当たる。

「間違いないですね。確かにその日は、試合がありました」

「午前十一時に爆発する設定で、時限装置がセットされていた」

「殺傷能力は……」濱中は喉が張りつくのを感じた。

「人が死ぬほどじゃないが、大騒ぎになったのは間違いないだろうな」

「この件、書きますよ」自分のミスを一瞬忘れ、濱中は大声で宣言していた。

「駄目だ」峯脇が即座に言った。今まで聞いたことのない、厳しい口調だった。「この件はなかったことにする」

「どうして」濱中は食い下がった。

「騒ぎにするわけにはいかないからだ。オリンピックの最中に、外国からの賓客を不安にさせたら、日本の恥になる」

「そんな馬鹿な。大事件なんですよ」

「馬鹿じゃない。何でもかんでも公表するのが手じゃないぞ」

「だったらどうして、俺には教えたんですか」

「釘を刺しただけだ。もしも他のところから情報が入れば、あんたは書くだろう。それは避けたい」

「他紙の記者が気づくかもしれないですよ」

「あんたが一番危険なんだ。他の社の連中なんか、簡単に抑えられる」

それは褒め言葉でもあったが、濱中はまったく嬉しくなかった。オリンピックの最中に爆弾──素晴らしいネタである。しかし、普段からつき合いのある峯脇に釘を刺されてしまうと、頭の中で記事を組み立てる作業が停まるのだった。

「この件は控えてくれ。何年か経ったら書けるかもしれないが」

「そんなの、ニュースじゃないですよ。古い話なんて、書けない」

「いや……チャンスはあるだろうよ」囁《ささや》くような声で峯脇が言った。

「どういうことですか」

「額賀だが、奴の遺書は覚えてるか」

「ええ」一瞬で頭の中に蘇った。「もう一度……最後の一回を諦められません」あれは今考えると、今回の犯行予告だったのではないか。

「とにかく、まず爆弾を作ったのが額賀かどうか、確定させないと。もしもそこが実証できれば……」

「書きますよ」

「ああ、その時は書け。ただし、時間はかかるぞ。俺は絶対に諦めないが」

「待ちます。その時はもちろん──」

「あんたには最優先でネタを流す。大船に乗ったつもりで待っていてくれ。しかし、革命云々《うんぬん》っていうのは、変な話だな。何だか誰かと話して、全否定されたような書き方じゃないか？」

電話を切り、濱中は両手で顔を拭《ぬぐ》った。駄目だ、やはり書けない……自分のミスを正面から見つめる勇気が、濱中にはなかった。

ほとぼりが冷めるまで待つか――拙速《せっそく》に書くことだけが全てではない。書かないことで、峯脇に恩を売ったと考えてもいいだろう。おそらくオリンピックが終わってから、峯脇は捜査を本格化させるはずだ。警察の動きを睨《にら》みつつ、自分でも周辺を調べてみよう。

しかし――やはり書けないのではないかと濱中の気持ちは揺らいだ。重要な取材相手を、不用意な一言で自殺に追いこんでしまう――記者としては、絶対にあってはいけないミスなのだ。

結局、濱中がこの件を書くことはなかった。

額賀と爆弾の関係は結局はっきりしなかったし、濱中自身、別の取材に没入せざるを得なかったからだ。

昨年から今年にかけて、都内や埼玉で発生した連続少年通り魔事件――被害者の下腹部を切りつけるなど異様な犯行で、住民の不安は高まっていた。十月十日、オリンピックの開会式当日にも事件が起きていたのだが、捜査線上に少年の名前が上がり、捜査本部が事情聴取を行うらしいという情報が入ってきたのだ。

犯人は高校生だった――これはでかいネタになる。いったい、どんな人間がこんな異常な犯行に走るのか。

新たな事件は、古い事件を上塗りする。濱中は、この高校生の周辺を洗う取材に没頭し始めていた。

十四年後――一九七八年には、一連の事件は全て時効が成立し、草加次郎事件は未解決事件となった。濱中は草加次郎事件については結局取材することも書くこともせず、その時には福島《ふくしま》支局長を務めていた。紙面では大きく取り上げられていたが、「そんなに時間が経ったのか」と思うだけだった。
「額賀」を死なせてしまった翌年、濱中は社会部から地方部に異動になり、その後は地方支局を転々とする生活を送ってきたのだ。水谷の差し金だということは分かっていた。ミスには厳しい男だから……そして十三年も地方回りをする生活を続けるうちに、濱中の牙はすっかり鈍《にぶ》っていたのだった。

タヴィ

1972年

1

ああ、だるい……。

東日新聞社会部記者の根岸俊雄《ねぎしとしお》は、むき出しの腕を伸ばし、煙草を摑《つか》んだ。裸の女を傍《そば》においての一服には、たまらない充実感がある。特に今夜は、半年近くかけてようやく口説き落とした女が横にいるのだ。言うことは何もない。特ダネを飛ばす快感もいいが、こっちだってなかなかだ。

上体を起こし、ハイライトに火を点ける。ゆっくりと煙を吸いこみながら、横たわる女の裸の肩を撫《な》でた。なめらかで、しっとりと汗で湿ったその感触を掌《てのひら》で感じているうちに、興奮が蘇《よみがえ》ってくるのを感じる。焦るな、焦るな、時間はたっぷりあるんだから……しばらく煙草を味わうことに専念した。

急に喉の渇きを覚えて、ベッドを抜け出す。冷蔵庫からビール瓶を取り出し、コップに注いだ。慌てたので泡だらけになってしまったが、それでも当面の渇きを抑えるには十分。もう一度、今度は慎重に泡のバランスを取りながら注ぐ。思いついてコップをもう一つ持って来て、彼女の分も用意した。

ベッドに腰かけてコップを差し出すと、彼女――三輪葉子《みわようこ》がゆっくりと体を起こした。布団を胸元まで引き上げているので、動きはのろのろしている。薄いシーツなら格好がつくかもしれないが、なにぶんにも自宅の分厚い掛け布団である。何だか寝起きのように見えた。

葉子は慎重にコップを受け取り、一息でビールを干した。

「いい吞《の》みっぷりで」

「こういう吞み方すると、嫌われるのよ」葉子が顔をしかめる。

「誰に？」

「職場で。男みたいだって」

「別に、気にしなくていいじゃないか」

「でも、その後がね……」葉子の顔に影が射す。「だからいき遅れるんだって、必ず言われるわ」

おっと、話題が少し危ない方向へ行きかけている。いきなり結婚の話を持ち出されても……根岸は思わず身を硬くした。葉子はそれに気づかぬ様子で、不満そうに続ける。

「必ず毎回同じ皮肉。だから最近、呑み会には行かないようにしてるの」

「君が行かないと、今度は後輩たちに迷惑がかかるんじゃないか?」

「自分の身は自分で守るのが基本でしょう」コップを両手で包んだまま、葉子がうなずく。「私は別に、後輩たちの保護者じゃないのよ」

警視庁千代田《ちよだ》署の交通課に勤める葉子は、自称「いき遅れ」だ。それはまあ、否定できないんだよな、と根岸は常々思っている。彼女は二十六歳。女性警察官は一般的に、二十三、四歳で結婚するというのが暗黙の了解なのだ。高校を出てから五年か六年、ちょうど警察の仕事を覚えたところでお役御免、がよくあるパターンである。所轄の上司たちも、部下の女性が二十歳を過ぎると積極的に見合いを勧めたり、若い独身の警察官を紹介したりする。そういうのが警察の「常識」かもしれないが、根岸の感覚ではもったいないことこの上ない。せっかく仕事が分かったところで寿退職では、人を育てる時間と金の無駄だ。

とにかくそういう事情を背景に、葉子はよく自分のことを「いき遅れ」と自嘲《じちょう》気味に言っている。まだ二十六歳、女性としては一番美しい盛りだと思うのだが……まあ、年齢は関係なく、綺麗な顔立ちではある。顎が細い、しゅっとした造りに大きな目は、完璧に根岸の好みだった。理想の顔と言ってもいい。親も友人も「さっさと結婚しろ」と煩かったのを無視してこれまでは仕事一筋できたのだが、今はちょっと気持ちが揺らいでいた。こういう女には、もう出会えないかもしれない。

これからつき合っていく上での問題は、彼女の仕事が堅い——警察官だということだ。何事にも慎重で、初めて声をかけてからベッドに誘いこむまで、半年もかかってしまった。今までの自分だったら考えられない、ゆっくりしたペース。この半年は仕事も滅茶苦茶忙しかったからな、と自分を納得させようとする。男は仕事第一。どんなに理想的な女が近くにいても、まずは仕事をきっちりやらないと。

とりあえず、第一目標は達成した。

この先どうするかは、時間をかけてゆっくり考えよう。一度寝たからといってすぐに結婚する必要はないのだ。相性を見極め、上手くいく自信が持てれば、その後は……いや、想像を先走りさせ過ぎてはいけない。自分はまだ二十九歳。焦ることはない。

「にやにやして、いやらしいわよ」葉子が根岸の腰の辺りをぴしりと平手で叩く。甲高い音と、小さく鋭い痛みさえ心地好い。またむらむらと欲望が頭をもたげ、根岸はコップを床に直に置いた。

その時、電話が鳴った。

何なんだよ、と舌打ちしてしまう。いくら何でもこんな時間——日曜日の午前一時だ——に電話してこなくても。

しかし、だからこそ、根岸はぴんときた。これは間違いなく事件だ。それもかなりやばい事件。

「ちょっとごめん」

葉子に声をかけて受話器を摑む。相変わらず裸なので、ひんやりして、今が十一月だということを嫌でも意識させられる。しかしその寒さも、電話の向こうから聞こえてきた声で吹っ飛んでしまった。

殺し。現場は帝都《ていと》ホテル。被害者は女性弁護士。

超一級の殺しだ。

2

ホテルでの取材は何かと面倒臭い。客のプライバシーを大事にするあまり、ホテル側は記者たちを当然のように締め出そうとするのだ。広報担当者と各社の記者たちが押し問答している間をすり抜けて、根岸は勝手に上階へ上がろうとしたが、エレベーターの前に陣取っている制服警官に阻止された。クソ、警察もホテルを守るつもりか。

　しかし記者の輪に入って、広報担当者を締め上げても時間の無駄だ。同じ東日の一方面担当警察《サツ》回り、西井《にしい》が来ているから、そういうことは任せておけばいい。警察回りだって、広報担当者を脅《おど》しつつ交渉するぐらいはできるだろう。

　根岸は、記者たちの輪とエレベーターの中間地点に立った。こうなったらここで待ち構えて、誰か話ができる人間を摑まえてやる。両足を肩幅に広げ、腕組みをして周囲を見回す——見回しているつもりが、自分が注目を浴びていることに気づいた。深夜にもかかわらず、都心の一等地にある帝都ホテルでは、人の出入りが途切れない。外国人の姿も目立った。皆通り過ぎる度に根岸をじろじろと見ていく。何なんだ、と怒りが募ってきた。それは確かに、俺はちゃんとした格好じゃない。時間がなかったのでネクタイもしないまま出て来てしまったし、スーツもコートもよれよれだ。しかしこういうのが、警視庁の捜査一課担当の普通の格好である。事件を追いかけるのに、服装なんか気にしていられるか。

　おっと……根岸は視線をぴたりと一人の男に据えた。エレベーターから降りて来た、捜査一課の北山《きたやま》係長。忌々《いまいま》しそうな表情を浮かべて白い手袋を乱暴に外し、制服警官に一声かけて足早に歩き出す。一人……よし、チャンスだ。

　根岸は駆け足で北山に追いつき、後ろから声をかけた。

「北山さん」

北山がちらりと振り向き、「話しかけるな」と小声で忠告を飛ばした。そのままさらに歩調を速める。正面入り口とは反対方向……根岸は同じ間隔を保ったまま、彼の跡を追った。

車寄せのところまで出ると、北山が立ち止まり、煙草に火を点ける。常に煙草が手放せないチェーンスモーカーの北山にとって、汚染厳禁の犯罪現場は地獄のはずだ。我慢できなくなって、とりあえず一服しようと下りてきたのだろう。話しかけるには最高のタイミングだ。

「被害者、弁護士ですって？」

「広報は、情報を流すのが早過ぎるな」

渋い表情で言って、北山が煙草を吹かす。根岸もハイライトに火を点け、寒空に向かって煙を吹き上げた。

「女弁護士が被害者ねえ。やばそうな事件じゃないですか」

「お前さんたちみたいなハイエナにとっては、美味《おい》しい事件だろう」

「ハイエナは週刊誌の連中でしょう……被害者、東京の人なんですか？」

「ああ。谷中《やなか》にある上野《うえの》法律事務所の所属だ」

「変ですね」

「何が」北山が大きな目をさらに大きく見開いて根岸を睨《にら》んだ。

「地方の弁護士なら、出張でホテルに泊まっていてもおかしくないですけど、東京の人がホテルに泊まりますか？」

「お前さん、女としけこむ時にはどうしてる？」

どきりとして、根岸は曖昧な笑みを浮かべた。葉子との関係を気づかれている？　まさか。いくら早耳の捜査一課の刑事でも、新聞記者と所轄の交通課の女性警察官との関係を、こんなに早く嗅ぎつけられるはずはない。

「俺だったら家ですね」

「そいつが一番安全だろうな。だけど、家を使えない人間もいる」

「と言うと？」

「おいおい、お前さん、いい年して何を高校生みたいなことを言ってるんだ。家を使えない人間がどこかへしけこむとしたら、連れ込み宿に決まってるだろうが」

「今はラブホテルって言うんですよ」

さりげなく訂正すると、北山が露骨に舌打ちした。

「……これだから、大学出の記者さんは困るんだよ。何でもかんでも英語を使えばいいってもんじゃないんだぜ」

「ラブホテルはもう日本語じゃないですか」

「まあ、いいや」北山が面倒臭そうに、煙草を持った手を振った。かき乱された煙が彼の顔の周りに漂う。「しかし、どんな人でも連れ込み宿――ラブホテルを使うわけじゃない。体面もあるだろう。ラブホテルが集まっているのは、だいたいいかがわしい場所だ……そういうところをうろうろしているのを誰かに見られたら、面目丸潰れだろう」

「それで、帝都ホテルをラブホテル代わりに使ったんですか」

「えらく高くつくだろうがね。ラブホテルの何倍もするだろう」北山の機嫌は急によくなっていた。彼は基本的に、鈍い人間を嫌う――逆に、テンポよく反応する相手は買うのだ。

北山が煙草を灰皿に投げ捨て、すぐに次の一本に火を点けた。相変わらず、一度吸い始めるとにかく吸い続ける……苦笑しながら、根岸は自分のハイライトをゆっくりと吸った。

「相手と揉《も》めて殺された？」

「揉めたかどうかは分からんよ」北山が声を低くした。「ベッドの上で素っ裸で、首に絞められた跡があった……そういうやり方が好きな連中もいるらしいな」

「首を絞めるのが？」

「窒息寸前になると、快感が倍増するらしいぞ」

根岸は自分の首に右手を持って行った。そんなものか？　自分の経験からではとても想像できないし、これからも経験したいとは思わない。

「となると、犯人は交際相手ですかね」

「交際相手、ねえ」

北山が微妙に表情を歪《ゆが》める。何かあるな、と根岸は読み取った。この男は、もったいぶったところがあるのだ。本当に大事なネタは、最後の最後まで隠しておく。

「結婚してる人間の場合、交際相手っていう言い方でいいのか？」

「どうですかね……ところで、旦那はどうしてたんですか？」

「旦那は仕事だった。少なくとも俺たちが連絡を取った時は仕事をしていた」

「こんな時間に？」根岸は反射的に腕時計を見た。午前二時半。連絡が回って来たのは午前一時過ぎだから、警察に一報が入ったのは数時間前——昨夜の午後十時から午前零時ぐらいまでの間ではなかっただろうか。「しかも土曜日——もう日曜日ですよ」

「弁護士さんっていうのは、優雅な商売じゃないようだなあ」北山が顎を撫でた。こちらも土曜の夜に急に呼び出されたのだろう、無精髭《ぶしょうひげ》が目立つ。

「旦那も弁護士ですか？」根岸は思わず北山に近づいた。これで事件の「格」がもう一段上がる。

「夫婦揃って弁護士だ……だけど、幸せとは限らないわけだ」

「被害者が浮気して殺されて、その間も旦那は、必死で仕事してたわけですか」

「旦那も、何も知らなかったわけじゃないだろうけど」北山が顔を歪めた。

「被害者の浮気に気づいていたとでも言うんですか？」

「薄々は、な」北山が薄く笑った。「ただ、さすがにまだショック状態で、ちゃんと話が聞けないから、その辺ははっきりしないんだ。でも、『いつかこうなるかもしれないと思っていた』とは言っている。いかにも女房が何をやってるか、知ってた言い方だろう」

「いつかこうなる」——微妙な表現だ。メモ帳を取り出し、根岸は一番新しいページを開いた。先ほど電話を受けて書き殴った情報を確認する。

「被害者、三十二歳ですよね。結婚何年目なんですか？」

「四年」

「結婚四年目で、夫婦とも弁護士で、奥さんが浮気ですか？　何なんですか、それ」

「お前さんねえ、素人《しろうと》みたいなことを言いなさんな。新聞記者っていうのは、世間の甘さも辛《から》さもよく知ってるんじゃないか？」北山が鼻を鳴らす。「夫婦関係は、とにかく複雑なんだ。何があってもおかしくない。だいたいお前さん、いつまでも結婚しないから、夫婦関係の微妙なところが分からないんだろう？　いつでもいい子を紹介するって言ってるだろうが」

「いや……」間に合ってます、という言葉を根岸は呑みこんだ。北山は以前から、根岸にしつこく見合いを勧めている。どうも、独身男女を引き合わせる趣味があるようで、北山の周りには、彼の紹介で結婚した夫婦が何組もいる。

しかし北山は根岸に対して、「女性警官は駄目だからな」と釘を刺していた。寿退職が前提でも、警察の秘密を知っている女と結婚させるわけにはいかない、というのが彼の言い分だった。実際には、北山の持論とは反対方向に向かいそうだった。

北山が二本目の煙草を灰皿に捨てた。三本目を取り出し、さすがに躊躇《ためら》ってパッケージに戻す。

「後は一課長に聞けよ」

「ええ」根岸はさっと頭を下げた。実際には、捜査一課長が会見で説明するようなことは、全部北山から聴いてしまったが。

「先に行くぞ」北山が踵《きびす》を返した。二人一緒のところを誰かに見られないようにする――これは警察官とのつき合い方の、基本中の基本だ。情報漏れを疑われたら、立場がなくなるのはネタ元の警察官の方である。そんなことになったら次からネタはもらえなくなる。

「ああ、それと」北山が振り返り、顔の前で人差し指を立てた。

「何ですか？」

「一人じゃないからな」

「え？」

「男遊びが激しい奥さんだったらしいよ……まだまだ噂《うわさ》の域を出ないが」

事件の格がさらに一段アップした。週刊誌的な意味かもしれないが。

3

月曜日の朝刊に第一報が載ることになる。

日曜日の午後、警視庁クラブで、自分が書いた原稿を読み返しながら、根岸はこの事件が——報道がどういう方向へ流れて行くのか、不安になった。いかにも週刊誌が喜びそうなネタで、見出しまで目に浮かぶ。『淫乱弁護士　愛欲の果ての死』とか。見出し第一で売る週刊誌なら、それぐらい下賤《げせん》な言葉は選びそうだ。しかし、旦那も弁護士ということを忘れるなよ、と自分に言い聞かせる。どんな夫婦関係だったかは分からないが、殺された妻が辱められたと思えば、いきなり訴えてくる可能性もある。

新聞としては、抑え気味にして記事を展開しなくてはいけない。根岸が書いた原稿も、事実関係の多くを隠したものだった。

四日午後十時過ぎ、東京都千代田区内幸町《うちさいわいちょう》の帝都ホテルで、台東《たいとう》区谷中、上野法律事務所勤務の弁護士赤倉光代《あかくらみつよ》さん（三二）が死んでいるのを、ホテルの従業員が発見、警察に届け出た。

警視庁千代田署、捜査一課などで調べたところ、赤倉さんの首には絞められたような跡があり、殺人事件と断定、千代田署に特捜本部を設置した。五日に司法解剖し、死因を詳しく調べている。

調べによると赤倉さんは、四日午後四時過ぎ、本人名義でホテルにチェックイン。午後十時頃、悲鳴が聞こえたという他の客の通報があり、ホテルの従業員が室内に入って遺体を発見した。室内に荒らされた形跡はなく、赤倉さんのバッグや財布もその場に残されていた。悲鳴が聞こえた直後、廊下を走って逃げる男性の姿を見たという証言もあり、特捜本部で確認を急いでいる。同時に特捜本部では、交友関係を中心に捜査を進めている。

赤倉さんは、夫の繁雄《しげお》さんと同じ法律事務所で働いており、この日は休日だった。

「微妙な原稿だな」一課担当の仕切りで、根岸の二年先輩の宇佐美《うさみ》が不満そうに言った。「奥歯に物が挟まった感じだ」

「そんなにはっきりとは書けませんよ。今はいろいろまずいでしょう?」根岸は声を潜めた。「まずい」事を作った張本人の二課担当はいないものの、大声では話せない。最近、東日と警視庁の関係はぎくしゃくしているのだ。捜査二課が内偵していた詐欺《さぎ》事件を、二課担当の記者がすっぱ抜いてしまい、結果的に犯人の一人に逃亡を許してしまっていた。正式な抗議があったわけではないが、キャップの蟹田《かにた》が警視庁の幹部と話し合いを持ったという。それ以来、蟹田はずっと不機嫌なままだった。根岸も、刑事たちから微妙に避けられている感じがしていた。嫌な緊張感を忘れようと、根岸は話を事件に戻した。

「旦那が弁護士ですから、簡単には話も聞けそうにないですしね」

「確かに、弁護士に取材するのは面倒臭そうだな。煩い連中だから」宇佐美が顔をしかめる。「まあ、でもいずれ話は聞かざるを得ないだろう。訴えられないように気をつけて、ちゃんと談話を取ってこい」

「旦那の方は、まだサツが押さえてるんですよ。こっちと接触させないつもりじゃないかな」これも、東日だけに対する嫌がらせだろうか……。

「旦那は犯人じゃないんだろう?」宇佐美が乱暴に、原稿用紙をデスクに放り出した。「はっきりしたアリバイがあるんだよな」

「昨夜はずっと、事務所にいたそうです。同僚も確認してます」

「浮気の果てに殺されて、か……弁護士さんとはいえ、女なんだねえ」妙に感心したように宇佐美が言った。「ま、節度を保ってやることにしようか」

「ですね……うちは週刊誌じゃないんだし」

「週刊誌の連中にとっては、美味しい話だろうな」

「おい、サツの見方はどうなってるんだ」

本社から記者クラブの東日の部屋に戻って来たキャップの蟹田が、いきなり声を張り上げる。不機嫌そうな顔つきと態度は平常運転だ。今はあまり流行《はや》らなくなった長髪が乱れている……四十になってこの髪型はないよな、と根岸はいつも思っている。

「交際相手の誰か、じゃないですか」宇佐美が答える。

「誰かっていうことは、まだ絞り切れてないわけだ」

「一晩限りの相手もいたらしいですよ」

「何でそんなことが分かる？」

「被害者はかなり頻繁に、あのホテルを利用していたようです。大抵一人でチェックインしてましたけど、男を待たせていたこともあったみたいで……それも毎回違う男です」宇佐美の口調が滑らかになってくる。基本的には、こうした会話が大好きな男なのだ。

「そういう男は、どこで見つけてくるんだ？」蟹田が鬱陶しそうに言った。「街角で引っかけてくるのか？　だいたい、そう簡単に引っかけられるようなタイプなのか？　写真を見た限り、そうは思えないがな」

根岸は、新聞に掲載された元になった写真を蟹田に示した。会社の顧問弁護士に頭を下げて借りた弁護士会の名簿から接写してきたものである。当然こちらの方が、きちんと見える。

「ほう、だいぶ感じが違うな」蟹田が写真を取り上げ、嫌らしい笑みを浮かべる。

「美人じゃないが、男好きがするタイプだな、これは」

根岸は反応しなかった。警視庁クラブという取材拠点は、どうしても雑で下品な方向に走りがちである。男ばかり十三人――キャップとサブキャップ、捜査一課と捜査二課担当、公安担当が各三人ずつ、それに保安・交通担当が二人だ――の職場で、四六時中顔をつき合わせて苛々しているせいもあるし、そもそも取材対象の警察官の多くが下品である。社会の最底辺で起きる事件と向き合っているから、そうならざるを得ないのだ。

「どうだ、根岸、お前だったらお相手できるか」

「もう亡くなってるじゃないですか」馬鹿な会話だと思いながら、根岸は低い声で答えた。

「仮の話だよ、仮の話……冗談が分からん奴はネタも取れないぞ。それで、この特捜の担当はどの係だ？」

「北山さんのところです」根岸は答えた。

「ちゃんと食いこんでいるんだろうな」

「もちろんです」朝刊用に書いた原稿の情報も、ほとんどが北山から聞かされたものである。その後、明け方に千代田署で行われた捜査一課長の会見で出た内容とほぼ一緒。

　ここは気をつけねばならないところだ。北山は根岸を気に入っていて、よく喋《しゃべ》る。しかしその内容はあくまで無難なものだ。捜査一課長の会見などで聞く話と、内容が見事に被っている。少しだけ早く「公式の」情報は教えてくれるが、独自ネタは流さない——そういう姿勢なのではないかと最近思うようになった。いかにも重要な秘密を流しているように見せかけて記者をつなぎとめておけば、後々役に立つとでも考えているのかもしれない。

　記者と刑事の会話は騙《だま》し合いだ。

「書き方が難しい話だが、要所で一回まとめておけよ」蟹田が指示した。

「犯人、すぐに見つかるんじゃないですか」

「お前は読みが甘い」蟹田が鼻を鳴らす。「ホテルの部屋は一種の密室だぞ。人の出入りもよく分からない。しかもこの被害者は、何人もの男と関係していたわけだ。結構複雑な事件——そう簡単には犯人にたどり着けないだろうな。だから、どこかのタイミングで、被害者の交友関係についてまとめて記事にしろ。それで犯人逮捕まではつないでおけ」

「あの……キャップ？」根岸は遠慮がちに切り出した。

「何だ」蟹田が不機嫌に応える。会話が長引くのを嫌うのもいつも通り。

「この事件、迷宮入りすると思われてませんか？」

「思うよ」蟹田が平然と言った。

「どうしてですか？」

「売春婦が殺されて、犯人が挙がることは滅多《めった》にないんだよ」

弁護士を売春婦呼ばわりか……それはあまりにもひどいと根岸は思ったものの、キャップに反論するだけの材料もなかった。何しろこの男は、入社してから基本的に警察の取材しかしていない。横浜《よこはま》支局時代の五年間は、ずっと神奈川《かながわ》県警担当。本社の社会部に上がってきて、警察回りから警視庁の一課担当、事件専門の遊軍を長くやってから警視庁に戻ってサブキャップからキャップと、ひたすら事件一筋の人生なのだ。他の省庁の取材なんかできるんだろうか、と根岸は疑っていた。これから先、どうするのだろう。ずっと警視庁キャップを続けていけるわけでもないし。

「ま、とにかく食いつけ。犯人が挙がるかどうかはともかく、この件が大騒ぎになるのは間違いないんだから。抜かれたら、えらいことになるぞ。ただし、警視庁とはいろいろ微妙な時期だから、上手くやれよ。確実な線を追って、向こうを怒らせるな」

そのトラブルは二課担当の暴走が原因で、自分は関係ない。余計な気を遣わなくてはならないのが、実に馬鹿らしかった。

煙草に火を点け、蟹田が自席に乱暴に腰を下ろした。煙を吹き上げながら、他紙に次々と目を通していく。突然はっと顔を上げると、カバンから一枚の紙を取り出す。

「それからこれ、お前らも読んでおけ」

「何ですか？」根岸は受け取り、すぐにタイトルを確認した。『取材相手との適切な関係についての確認』。見ただけでピンときた。

「例の事件――上層部がまだピリピリしてるんだ。今本社に呼ばれていたのも、この件だよ。社員全員に徹底するようにというお達しだ。回し読みしておいてくれ」

重要な問題――記者とネタ元の不適切な関係というか、不適切なネタの取り方というか、それが大問題になったのはこの春のことだ。マスコミ界にとっては、取材という根本的な仕事のやり方に絡んだ話であり、未だに騒動は収まっていない。本社の偉い人は気にしているのだろうが、根岸には全然関係ない話だ。そのまま宇佐美に渡したが、興味なさそうに一瞥《いちべつ》するだけだった。

「宮さんに、相当しつこく言われたぞ」蟹田が言った。社会部長の宮は、慎重かつ神経質な人間で、とにかく「ミスをしない」ことを仕事の最優先事項にしている。部長判断で、特ダネをストップさせたことも何度もあった。

電話が鳴り、根岸は無意識に受話器を取った。

「はい、警視庁クラブ」

「宮だ」

噂をすれば何とやら……根岸は背筋を伸ばした。

「根岸です」

「ああ、ご苦労。お前、通達は読んだか？」

「はい、たった今」いきなり何を言い出すんだ？　根岸はどきりとした。鼓動が少しだけ速くなる。

「気をつけろよ。若いうちは、変な女に引っかかりがちだからな」

「女に引っかかるというか、ネタ元として使う場合に気をつけろ、という話ですよね」

「ま、そういうことだ。とにかく女には気をつけろ……蟹田はいるか？」

「代わります」

蟹田に受話器を渡す。蟹田は何か事務的な話をし始めた。根岸の鼓動はなかなか落ち着かない。何だか自分の行動は見透《みす》かされているみたいじゃないか。もちろん、葉子からネタを貰《もら》ったことはないが、彼女は仮にも警察官である。何か重要な秘密を知ることがあるかもしれない。それが自分に流れてきたら、どうする？

「ところで夕方の課長の会見、任せておいていいな？」蟹田の方をちらちらと見ながら、宇佐美は言った。

「いいですけど、俺一人ですか？」

「ああ」

「浦田《うらた》さんは？」浦田は一年先輩で、一課担当の二番手だ。

「奴には、蒲田《かまた》の殺しを任せてるだろう？」

「ああ、そうでした」発生から半月ほど経ったこの事件は、未だに犯人が割れていない。浦田は、二方面担当の警察回りと一緒に、聞き込みに精を出していた。

「動きがないから、今日は俺もあっちで発破《はっぱ》をかけてみるつもりだ。何かあったらすぐ、お前の方に応援に入るから。だけどお前も、そろそろ一本立ちしていい頃だぞ」

「分かりました」背筋がしゃんと伸びる。そう……警視庁クラブにきてから半年、今までは先輩たちのサポート的な仕事ばかりで、何だか警察回り――別名雑用係――の延長のような感じがしていた。これだけ目立つ事件を一人で担当し、特ダネが書ければ、と考えると身震いする。

よし、やってやる。ここは警視庁で最初の手柄を立てるチャンスだ。

その先には、葉子との明るい暮らしが待っているはずだ。

4

根岸の意気込みは、翌日早くも打ち砕かれた。

一九七二年十一月六日。後にこの日は、「新聞の一番忙しい日」と言われるようになる。

午前一時過ぎ、国鉄北陸《ほくりく》本線の北陸トンネル内で、大阪《おおさか》発青森《あおもり》行きの急行「きたぐに」の食堂車から出火、三十人が死亡する大惨事が発生した。現地の支局だけでは対応できないということで、大阪本社、それに東京の社会部からも応援が駆り出された。

根岸はこれには呼ばれなかった。事情を知ったのは、朝駆けの車の中でラジオのニュースを聞いてからで、慌てて公衆電話から蟹江に電話すると「お前は持ち場をちゃんと守れ」と言われた。大きな事件があると、社会部は全国どこへでも応援に行くが、警視庁担当は例外なのだ。

それは分かっていても、何となく釈然《しゃくぜん》としない。東京の守りを任せられていると言っても、でかい事件・事故があれば、そちらに気が向いてしまう。

この日は、それだけで終わらなかった。

午前八時過ぎ、羽田《はねだ》発福岡《ふくおか》行きの日航機がハイジャックされた。犯人は二百万ドル、それにキューバに亡命するために代替機を要求し、日航機は羽田空港に引き返した。

この一報を受けて、根岸も羽田空港に急行した。空港が全面封鎖され、犯人の要求通りに、二百万ドルと代替機のＤＣ－８が用意された。犯人は結局人質を解放した後、代替機のＤＣ－８内に潜んでいた警視庁の捜査員に逮捕されたが、ぎりぎりの戦いだった。犯人が持っていた拳銃には実弾が入っており、火薬や、ニトログリセリンを詰めた鉄パイプなども所持していたのだ。あれが爆発したら……と分かったのは後のことである。根岸たちは、夕刊の締め切りを延ばしに延ばし、午後三時過ぎ、乗客人質の解放までを何とか原稿に突っこんだ。

犯人逮捕はその一時間後で、朝刊向けの作業は深夜まで続いた。犯人がなかなか複雑な人間で……戦後アメリカに渡って、日系二世の女性と結婚して永住権を取得していたものの、食い詰めてハイジャックを計画したという。

ああ、これで帝都ホテルの事件は吹っ飛ぶな。

深夜二時、朝刊の作業が一段落した後で、根岸は覚悟した。捜査一課はしばらく、ハイジャックの捜査に振り回されることになるだろう。幹部も当然、ハイジャックに関して、捜査員のネジを巻くはずだ。しかし北山の係は、そのまま帝都ホテルの事件を担当する……逆にここがチャンスだ、と根岸は自分に言い聞かせた。マスコミの注意が二つの大きな事件・事故——北陸トンネル事故の死者は乗客二十九人、乗務員一人、重軽傷者は七百人を超えていた——に向いている間、捜査に専念してさっさと犯人にたどり着こうと考えているに違いない。北山も決して上品な男ではないが、自分が担当する事件の被害者について、あることないこと書かれるのは気にくわないはずだ。刑事にはそういう習性がある。そう……実際、現場のホテルで別れる時も、北山は「被害者を汚すなよ」と根岸に釘を刺したぐらいである。

それでも、やはり根岸もハイジャック事件の取材に追われた。しかし取り調べが進むに連れて、犯人がどうも誇大妄想気味の人間だということが分かってきて、紙面での扱いは日に日に小さくなっていった。根岸は宇佐美に願い出て、帝都ホテル事件の取材に戻ることにした。

十一月十日早朝。根岸は北山の自宅のある松戸《まつど》にいた。出勤前に摑まえて話を聞くつもりだった。

寒い……畑が広がる中に、ぽつぽつと家が建ち並ぶだけの、農村地帯である。松戸も、国鉄の駅を中心とした辺りには賑《にぎ》やかな都会の雰囲気が漂っているが、少し歩けばまだ田舎そのものだ。

北山は午前六時過ぎ、家から出て来た。松戸からだと、特捜本部のある日比谷《ひびや》までは、乗り換えなしで直行できる。去年、営団千代田線と常磐《じょうばん》線の相互乗り入れが始まって、ずいぶん便利になったのだ……逆に言えば早過ぎる。松戸から日比谷までは四十分か五十分ほど、七時前には千代田署についてしまうだろう。

「何だ、羽田じゃないのか」根岸を見るなり、北山が皮肉を言った。

「そっちはもうお役御免です」

「早いな。まだ捜査は始まったばかりじゃないか」

「俺は北山さんの方の担当なんで」

「何もないぜ」並んで歩きながら、北山がちらりと根岸の顔を見た。小柄なので、少しだけ見上げるようになる。

「犯人の目処《めど》、まだつかないんですか？」

「素人みたいなこと、言いなさんな」北山が鼻を鳴らす。「そっちが犯人の名前を当ててきて、それに対して俺があれこれ言うなら分かるが……子どもの使いじゃないんだ」

「昨日まで羽田だったんですよ……聞き込みもできてないんです」根岸は思わず言い訳した。

「一課担は、お忙しいことだな」

からかわれてむっとしたが、反論はしない。そっちが忙しいから、取材するこっちだって忙しくなるんだ。

「この件は、時間がかかるぞ」北山がぽつりと言った。

「そうですか?」

「一夜を共にした男全員を割り出すのに、どれだけ時間がかかると思う? 全員、は不可能かもしれない」

「そんなに多いんですか?」根岸は目を見開いた。

「被害者が何人の男と寝ていたか……知っていたのは本人だけだろう。旦那も、職場の同僚も知る由はないし」

「そりゃそうでしょう」

「手帳があってな」北山が、ページをめくる真似をした。「星印がついていた。それが、男としけこんでいた日の印じゃないかと思うんだが、ほぼ週一ペースなんだ。曜日が決まっていたわけじゃないが」

「それはつまり……」

「書くなよ」北山が釘を刺した。「本当にそうかどうか、まだ分からないんだから」

「──と見て調べている、という原稿にはできますけどね」

「おいおい、また飛ばす気か? 二課の連中は、まだ怒って課内の犯人探しをしているそうじゃないか……とにかく適当なことは書くなよ」

　最初に推論を披露したのは北山の方ではないか……根岸は唇を引き結んだ。ネタは欲しいが、ここではまだ無理はできない。被害者がどれだけ頻繁に男と会っていたか分かっても、そのまま書けるわけでもないし。

「夫婦仲は？」

「一応、円満だったみたいだ」

「子どもはいないんですよね」

「ああ」

「それで夫婦円満っていうのも……ちょっと俺の常識では考えられないですね。進み過ぎてますよ。要するに、旦那に満足できなくて、ああいうことをやっていたんじゃないんですか？」

「旦那は黙認、という感じだったらしい。ただ、本人曰《いわ》く、被害者の口から直接こういう話を聞いたことはないそうだ。それでも一緒に暮らしていれば、何となく分かるんだろうな。嫁さんが外でセックスして帰ってくれば、気配で気づくだろう」

「そんなもんですかねえ」根岸は首を傾《かし》げた。

「そんなもんだよ……まあ、とにかくこっちの事件については余計な心配をするな。今日明日に解決するような事件じゃないから。何か分かったら教えてやるよ」

「お願いしますよ」

その後は雑談を交わしながら駅まで一緒に行き、改札へ消える北山を見送った。根岸も桜田門《さくらだもん》の警視庁まで行くのだが、さすがに同じ電車に乗って行くわけにはいかなかった。誰に見られるか分からない。根岸は北山の家の近くまで引き返し、待機させておいたハイヤーに乗りこんだ。

車が走り出した途端に欠伸が飛び出す。夜討ち朝駆けは毎日の習慣とはいえ、決して慣れるものではない。夜中の二時に自宅に戻って、朝五時に迎えの車がくる生活は、体のリズムを完全に狂わせていた。

今日明日に解決するような簡単な事件じゃないな……うつらうつらしながらも、根岸の頭の中では北山のセリフがぐるぐると回っていた。

5

長引く、という北山の予想は当たったな、と根岸は改めて思い知っていた。

事件発生から一ヵ月以上が経ち、既に十二月……その間、根岸自身はこの事件の取材に没頭していたが、世間は何かと騒がしかった。衆議院が解散。女優の岡田《おかだ》嘉子《よしこ》が亡命先のソ連から一時帰国。日航機――またも日航機だ――がモスクワの空港で離陸直後に墜落して六十二人が死亡。十二月になってからは、八丈島《はちじょうじま》で震度6の地震が発生していた。

一ヵ月以上働き詰めだった根岸は、十日の日曜日、久しぶりに一日休むことにした。この日は衆院選の投開票日だが、警視庁クラブには用がない……となると、やることは一つだけだ。

葉子との関係を続けていくのに、根岸は細心の注意を払っていた。彼女は独身寮に入っているので、呼び出してもらう際にも、「山手《やまて》」という偽名を使っている。単に国鉄根岸《ねぎし》線で根岸の隣駅という、洒落《しゃれ》のような偽名。向こうからも二度、電話がかかってきた。実際には何回も電話したのに、いつも摑まらない……そう言う葉子は機嫌が悪そうだった。実際、彼女が起きているような時間には、根岸はまず家にはいないのだ。

夕方に落ち合って、少し値の張る中華料理店で食事をし、そのまま根岸の家まで……二度目のせいか、もう葉子にも躊躇いや恥じらいはなくなっていた。快感も前回よりずっと強い……ぼんやりと痺《しび》れるような気分を味わいながら、根岸はテレビの画面に見入った。

「何も、こんな時にテレビなんか見なくたって」葉子が文句を言ったが、必ずしも本気ではないようだった。

「選挙だよ。一応、即日開票分の結果ぐらいは知っておきたいんだ」

NHKでは、『新・平家物語』の後に、延々と開票速報、各党へのインタビューなど、選挙関係の番組が続いている。民放は、通常の番組に挟みこむように結果を伝えている——しかも放送時間は遅い。選挙よりも、ドラマや映画優先なんだな、と何だか白けた気分になる。

「忙しかったの？」葉子が根岸の胸に頭を預けたまま訊《たず》ねる。

「ああ」

「いつもこんな感じ？　連絡も取れないぐらい？」

「この一ヵ月は、特別に忙しかったんだ。普段は、ここまでじゃないよ」

「帝都ホテルの件でしょう」

「もちろん」

「被害者の人、ずいぶんひどく書かれてるけど……」

「新聞は書いてない」根岸はすかさず反論した。「書いてるのは週刊誌の連中だよ。あいつらは、売れれば何でもいいと思ってるから」

「でも、『売春婦』はないわよね」

「ああ」蟹田も言っていたなと思い出しながら、根岸は頷《うなず》いた。二週間ほど前に出た週刊誌が「弁護士か売春婦か」という見出しを使った……あれはやり過ぎだ。「亡くなった人に対して、敬意がなさ過ぎるんだ」

「嫌な事件よね」

「でも、雑誌の連中が食いつくのは分かるけどね。弁護士っていえば、エリートだろう？　しかも女性だし。そういう人の私生活は、誰だって気になるよ」

「お高く留まっていても裏では……みたいな感じ？」

「千代田署の連中だって、夜の君がどんな風かは知らないだろう？」

「もう」葉子が頰を膨《ふく》らませたが、目は笑っている。「それとこれとは違うでしょう」

「まあね」俺だけが知っている、と思うと嬉しくなってくる。彼女はもう、俺のものなんだ。

ベッドから抜け出し、冷蔵庫からビールを取ってくる。コップに注いで、煙草を一服。前回とまるっきり同じパターンだな、と思い出した。違うのは、どうしてもテレビに意識がいってしまうこと。自分が取材しているわけではないが、結果は気になる……音を大きくしようと思ったが、やめにした。葉子と静かに話ができる時間は大事にしておこう。

彼女の分のコップも持って、ベッドに戻った。アメリカ映画なら、ビールじゃなくてシャンパンというところだよな、と思う。自分はそんなに洒落た人間ではないし、そもそもシャンパンを呑んだことすらなかったが。

「その事件の犯人、そろそろ捕まるかも」葉子がぽつりと言った。

「え？」根岸はビールを吹き出しそうになった。

「署内で噂になってるわよ」

「具体的には？」

「つき合ってた人……その中の一人に絞りこんだみたいだって。同じ弁護士みたい」

「同業者か……」

この事件では、どんな可能性も否定できない。しかし特捜本部では、一つの可能性に絞りつつあった。被害者の赤倉光代は、やはり男性関係に奔放《ほんぽう》だった。ほぼ週に一回、違う男とホテルにしけこんでいたのは間違いない。何人かは名前も割れていた――光代が略称で手帳に書き残していて、それが彼女の住所録の名前・電話番号と一致していたのだ。これまで五人ほどに話を聞いたというが、いずれも犯行を否認、アリバイも成立していた。それでも特捜本部は、彼女が関係を持った男の中に犯人がいるという可能性に絞りこんでいた。何しろ事件現場はホテルの部屋、ある意味密室である。光代が自ら男を導き入れたとしか考えられないのだ。そこで何かトラブルが起きて――というのは、いかにもありそうな筋書きに思える。北山は少しひねくれて、「一夜限りの遊びのはずが本気になった男がいて、そいつが真剣な交際を迫って振られて、かっとなって殺してしまった」という自説を開陳していた。ただ、その線は薄いだろうと根岸は考えていた。特捜本部が本当にそういう筋を追っているなら、北山は冗談でも口にしないはずだ。

「聞いてないの？」葉子が無邪気な口調で訊ねる。

「特捜の動きが、何でもかんでも耳に入ってくるわけじゃないよ」根岸は苦笑した。

ここはさりげなくいかないと……。「さすがに、特捜が設置された署だと、いろいろ噂も流れてるんだ」

「警察官は、噂話が大好きだし」葉子が軽く声を上げて笑う。

「そうだよな……しかし、弁護士仲間か。いかにもありそうな話だな」まだ情報を引き出せるのではとつい思い、根岸は話を合わせた。「ああいうインテリ連中って、人間関係はむしろ下手な気がする」

「あなただってインテリじゃない」葉子がくすくすと笑う。

「新聞記者はインテリじゃないよ。単なる肉体労働者だ」これは皮肉でも自嘲でもなく、事実である。体力がなければ、特に警視庁担当などやっていられない。「どういうことだったのかな。被害者は一晩の遊びのつもりだったのに、犯人はどうしても忘れられなくてつきまとっていたとか」

「でも、そんな危険を冒《おか》すかしら」

「恋は盲目って言ってだね」根岸は葉子の脇腹をくすぐった。「自分が何をやっているかも分からなくなるんだ」

「あなたも?」笑って身をよじりながら葉子が訊ねた。

「何をしてるかは分かってるけど、これからどうすればいいかは考え中」

「決められない人なの?」

「大事な話だからね」

二人はしばらく、互いの肌を撫で合った。欲情を呼ぶようなものではなく、安心させるため……犬同士がじゃれ合うようなものかもしれない。

「でも、本当に犯人だったら大変よね」

「どうして」

「同じ事務所の人だし……旦那さん、これからどういう顔で仕事をしていけばいいのかしらね」

6

書きたい。根岸は葉子と会った翌日から精力的に取材を再開した。葉子から出たネタだということは気になるが、これは世間で大問題になった例の一件とはまったく違う。向こうは国家機密レベルの問題。こっちは殺人事件。でも特ダネに変わりはない。警視庁クラブで、事件記者としてきちんと独り立ちしたと証明するためにも、どうしてもこの事件の特ダネが欲しかった。

もちろん記者である以上、どんな時でも独自ネタを書きたいものだが。

上野法律事務所には、五人の弁護士がいることが分かった。所長の上野清《きよし》を筆頭に、四十歳を過ぎたベテラン弁護士、赤倉夫妻、それにまだ二十代の若手。

対象は三人いるわけか……上野はもう六十歳だが、容疑者候補から外していいわけではないだろう。四十代のベテランも同じだ。しかし根岸は、一番若い二十代の弁護士に目をつけた。

古屋《ふるや》一朗《いちろう》、二十九歳。上野法律事務所で働き始めて、まだ二年だった。どういうタイプの人間かは分からなかったが、夫のいる年上の女性に夢中になって、冷静な判断力を失ってしまうことは十分考えられる。同じ年の自分はもう少し冷静だが……四十代……あるいは六十代だったら、もう少し分別が働くだろう。

何とかこの男の顔を拝《おが》んでおきたい。依然としてこの事件を任されていた根岸は、一人で動くことにした。いや、この際、一人で動けるのはむしろありがたい……手柄も独り占めだ。いつも上から抑えつけるような宇佐美の鼻を明かしてやりたいという気持ちもある。

上野法律事務所は、上野駅から歩いて五分ほどのところにある小さなオフィスビルに入っていた。一階なので、人の出入りは分かる……張っていれば、古屋の顔は拝めそうだった。ただしこれは危険を伴う取材でもある。光代の夫、繁雄は既に仕事に復帰しており、顔を合わせてしまう恐れがある。根岸は繁雄に何度か取材して、既に顔見知りになっていたのだ。その取材は完全に失敗で、向こうは根岸を鬱陶しく思っているだろう。「またか」と文句を言われるだけならともかく、弁護士だから、何か法的な手を打ってくるかもしれない。

まあ、会ってしまったら会ってしまったで、何とか誤魔化《ごまか》そう。他の取材でここにいることにしてもいいし。

月曜日の夕方、根岸はビルの入り口で待機した。すぐ横に上野法律事務所のドア。奥にエレベーターがあり、人の出入りは多い。顔は見られてしまうが、見咎《みとが》められることはなかった。念のためにカメラを持って来ているが、撮影する余裕があるかどうか……。

午後六時、若い男が事務所から出て来た。これが古屋なのか……確信は持てない。まさかこの段階で、直当たりもできないし。しかし根岸はついていた。まだドアが閉まらないうちに、誰かが中から「古屋」と声をかけたのだ。男はそのまま事務所内に引っこみ、しばらく経ってからまた出てきた。

間違いない、あいつが「古屋」だ。

根岸は古屋を尾行し始めた。小柄で、ほっそりした体形。顔も小さく、顎は尖《とが》っている。神経質そうな印象を与える。スーツは薄い灰色、それに濃紺のネクタイを合わせている。肩からぶら下げたバッグには書類が一杯に詰まっているのか、パンパンに膨れ上がっていた。

どこか疲れた足取り……駅の方へ向かっている。このまま帰るのだろうと予想し、根岸は駅へ先回りすることにした。

どの改札を通って来るかは分からないから、一か八か……バッグからカメラを取り出し、ひたすら待った。こんなところでストロボを使うわけにはいかないし、構内の暗い灯りでどこまでちゃんと写るか——ちょっとした賭けだ。

長い時間が経ったように思えたが、実際に古屋が改札を抜けて来たのは、根岸にわずか三分ほど遅れてだった。他のサラリーマンと同じようにうつむいたまま、人混みの中に紛れこもうとしている。根岸は柱の陰に隠れたまま、素早く二度、シャッターを切った。シャッタースピードを少し抑えたから、明るさは十分だが、手ぶれしてしまったかもしれない。

古屋の行き先——帰宅するのだろう——を確認しようかとも思ったが、写真の出来もチェックしておきたい。根岸は彼がホームへ消えるのを見送ってから、次の山手線に乗り、銀座にある本社に戻った。

四時間後、根岸はまた松戸にいた。車を駅の近くで待機させ、冷えこむ中を歩いて北山の自宅へ向かう。事件発生から一ヵ月が経っても、まだ特捜本部は動いているので、彼がまともな時間に帰って来ないのは分かっていた。今日はずっと待ち……まず、古屋という男が捜査線上に上がっているかどうかを確認しなくてはいけない。

北山は十一時に帰って来た。さすがに酒が入っている様子はない。寒風に逆らうように背中を丸め、家路を急いでいる。根岸にはまったく気づかなかったようで、声をかけるとびくりと身を震わせて顔を上げる。

時間が遅いから、家に上がりこむわけにはいかない。根岸はすぐに写真を見せて、確認を求めた。

「これが何か?」

北山はとぼけたが、目つきが真剣なことに根岸は気づいた。当たり、と確信する。

「この古屋という男が、容疑者なんでしょう? 被害者と同じ事務所の弁護士」

「何も言えないね」北山が顔を背ける。

「小さい事務所ですよね。まさか所長が被害者に手を出すとは思えない……こいつでしょう?」根岸は食い下がった。

「おい、いきなり名前を出すなよ」北山が脅しをかけてきた。

「まだ書きませんよ。引っ張る段階にならないと書けません。引っ張れる確率はどれぐらいあるんですか」

「七割」

高い。特捜では、この男をほぼ犯人だと断定している。時間の問題だろうと根岸は判断した。

「やれそうですね」

北山が根岸の顔を凝視する。否定しない……そういう時は、この男は事実関係を認めているのだと根岸には分かっていた。

「すぐには書きません。でも、引っ張る時は教えて下さいよ」

「そんな保証はできないな」

本気かどうかは分からないが、頼んでおけば北山は聞いてくれるはずだと根岸は確信していた。後はタイミングの問題だけ。予定稿を書いておけば、ぎりぎりになっても対応できるだろう。

「それよりお前さん、このネタ、どこで摑んだ」

「そんなの、言えるわけないじゃないですか」

「ふうん……ところで最近、千代田署の女の子とつき合ってるって聞いたけど」

「何なんですか、それ」

根岸は動揺が顔に出ないように真面目な表情を作った。どうして北山にばれた？

葉子が自分で言ったとは考えられないし……寮にいる同僚の誰かだろうか。何度も電話をしたので、怪しまれたのかもしれない。もしかしたら逆探知していたとか？　いや、まさか警察だからといって、そこまではしないだろう。

「まあ、いいけど……身辺には気をつけろよ」

「脅すんですか？」

「まさか」笑い飛ばした北山が、すぐに真剣な表情になる。「お仲間が逮捕された件、忘れてないだろうな。捜査二課の俺はどうこう言える立場じゃないが」

根岸は思わず息を呑んだ。外務省の機密文書を、事務官から極秘に受け取ったとして記者が逮捕されたのは四月……現在は公判中で、「知る権利」「報道の自由」が争点になっているが、この情報流出の問題点は、記者とネタ元が男女の関係にあったことだ。本来の問題点は片隅に追いやられ、下種《げす》の勘繰《かんぐ》りが横行している。しかも本社はこの件を未だに気にしている。この事件が起きた翌日に見せられた「回覧」。ろくに読みもしなかったが、情実による情報収集を戒めたものだった。あの問題は本来、「誰をネタ元にしたか」ではなく「ネタ元の名前が分かってしまったこと」が問題だと思うが、本社にすれば「危ない橋は渡るな」と記者に忠告せざるを得ないだろう。

とにかく、自分とは違うことだ……違うはずだ。

「どうした」北山が根岸の顔を覗《のぞ》きこんだ。

「いや、別に……本当に、引っ張る時は教えて下さいよ」

「今はまだ何とも言えないから。できない約束はしない」

「そうですか……失礼します」

北山は、自分と葉子の関係を知っている。

根岸は写真を背広の内ポケットに落としこみ、踵を返した。できるだけ速く歩こうとしているものの、手足が言うことを聞かない。右手と右脚が同時に出てしまうような不自然な感じがした。

こいつは使えるのか？　使っていいのか？　次第に心配になってきた。ネタの出所がばれたら、自分と葉子の関係が問題になりかねない。そうしたら、二人の将来はどうなるのだろう。

7

翌日、警視庁クラブで各紙の朝刊を読んでいると、宇佐美に声をかけられた。

「例の女性弁護士の件、どうだ？　最近原稿も出なくなっちまったけど」

「今、動いていないみたいですね」根岸はとっさに嘘をついた。

「もう一ヵ月になるよな」

「ええ」

「ふうん……やっぱりこいつはお宮入りかな」

宇佐美が、隣のデスクに尻を引っかけるように座った。そうされると、妙に圧迫感を覚える。警視庁クラブの各社のボックスは狭い……何しろ建物自体が戦前のものなので、全体に手狭になっているのだ。東日のボックスも入り口から窓に向かって細長いウナギの寝床のような造りで、十三人全員が座れるだけの椅子さえない。各担当に一つずつのデスク、それに宿直用の二段ベッドだけで一杯になってしまう。建て替えの話も出ているようだが、根岸は新庁舎の世話になるようなことはないだろう。その頃には、もう警視庁の担当ではなくなっているはずだ。

「お前の読みはどうなんだよ」

「具体的な容疑者がいませんからね。交友関係を洗っても、直接犯行につながる人物が出てこないんです」

しかし警察は、確実に古屋を追いこんでいる。北山以外のネタ元に当たっても、古屋の名前は出てくるのだ。

書くタイミングはくる。しかし、特ダネとして書いていいのか？　発表によって書く分には問題ない。それなら、菓子をネタ元にしたことにはならないからだ。しかしいち早く報じれば、必ず「ネタ元は誰だ」と詮索されることになる。二課の件のようにもしも逮捕に影響が出るようなら、警察も調べ始めるだろうし、社内の人間にもあれこれ聞かれるだろう。ややこしい立場に追いこまれるのは間違いない。

「宇佐美さん、あの件どう思います……例の、逮捕された記者の件」

「あれは、倫理違反だよ」宇佐美があっさり断じた。「報じる価値は当然あるネタだけど、男女の関係を利用するのは卑怯《ひきょう》だろう。俺たちは、そういうことじゃなくて、相手の正義感に訴えてネタを取るべきなんだから……って、おい、何だよ？　俺にそういうクサいことを言わせるな」

「すみません……でも、やっぱり許されないことですよね」

「卑怯な手を使ってまで書く必要はないよ……それともお前、女からネタでももらってるのか？」

「いや、違いますけど」目を逸らして、根岸は否定した。

「だいたいお前が、そんな高尚な問題で悩むのは筋違いだろうが。向こうのネタは外交文書、俺たちがふだん扱ってるのはただの殺しだ」

「はあ」国家機密ではなくても特ダネは書きたい。しかし書けば葉子との関係を問題にされる。叱責《しっせき》程度で済めばいいが、会社での立場がなくなるのではないか？　あるいは記者を続けていけなくなる？

「とにかくお前は」蟹田が割りこんできた。「下らん心配をするより、特ダネを持ってこい。手段は問わず、だ」

「いや、キャップ、それはまずいんじゃないですか」宇佐美が反論する。「何でもかんでも書けばいいってもんじゃないですよ。サツが問題にして、うちから逮捕者でも出たらえらいことでしょう」

「その時はその時で考えればいいんだ」蟹田も引かなかった。「ネタの内容で判断すればいいんだよ」

「最近は、そんなに簡単にはいかないんですよ。もっと複雑になってるんだから」

「そんなこと言ってるから、一課担からはネタが出ないんだろうが」

ほとんど喧嘩《けんか》腰《ごし》の二人のやり取りにいたたまれなくなって、根岸はそっとボックスを抜け出した。

ボックスの外は、各社の共用スペース、通称「ロビー」と呼ばれている。古びた長いソファが四脚、広報課が発表文を貼りつけていくホワイトボードの前に置いてあるだけ。そのうち三つは、惰眠を貪る他社の記者に占領されていた。

残った一つのソファに腰を下ろし、ハイライトに火を点ける。横に週刊誌……無意識のうちに手に取り、パラパラとページをめくっていくと、問題の記者の裁判記事が目に飛びこんできて、慌てて放り出した。

まずいぞ、これは……まだ書いたわけではないが、やはり俺は同じルートを辿《たど》ろうとしている。かといって、このまま無視してしまうには美味し過ぎるネタだ。ネタを取るか、安全を取るか——それに今後、葉子とはどうつき合っていけばいいのだろう。

クソ、どこへ向かっても手詰まりになりそうな気がする。書かなければどこかに抜かれるかもしれない。しかし書けば、葉子をネタ元にしたのがばれるかもしれない。

根岸は煙草を灰皿に押しつけ、勢いをつけて立ち上がった。へたったソファがぎしりと嫌な音を立て、隣で寝ていたライバル紙・日本新報《にほんしんぽう》の記者が薄眼を開けて睨みつけてくる。それを無視して、記者クラブを出て行こうとした。どこか行く当てがあるわけではないが……しかし歩き始めた瞬間、ボックスのドアが開いて宇佐美が顔を出す。

「おい、電話だ」

「あ、はい」

慌ててボックスに飛びこみ、デスクに転がっていた受話器を取り上げる。

「ああ、俺」北山だった。彼は時々、根岸あてに電話をかけてくる。

「はい」

「そろそろ引くぞ」

「いつですか」本当に教えてくれたのか——根岸は鼓動が高鳴るのを感じた。

「明日の朝……『今日逮捕』は書くなよ。向こうは用心深くなってる」

「じゃあ……」

「自宅から引っ張るところの写真を撮れれば十分だろう」

「もうちょっと早くいきたいですね」書けるかどうか自信がないまま、根岸はいつも通りの調子で言ってしまった。

「まあ……奴の自宅がどこか、分かってるか」

「埼玉の奥の方でしたよね」

「そこまで奥じゃない」何故か憤りながら北山が言った。「上尾《あげお》だ」

根岸の感覚でははるか遠く——古屋も上野の事務所まで通うのは大変ではないだろうか——だが、一応「東京近郊」と言っていいだろう。

「あそこ、最終版じゃないだろう」

「ええ」

「だったら奴は、事務所に来ない限り東京の最終版は読めない——もっとも、明日の朝刊を事務所で読むことはできないがね」

北山が何を言いたいのか、すぐに分かった。新聞は、届けられる地域によって、細かく版が分かれている。東京二十三区内が最終版、上尾だと、その一つ前の版になるはずだ。掲載される記事もがらりと変わる。だから、都内に配られる最終版だけに

「今日逮捕」の記事を書けば、古屋が読むことはないのだ。明日早朝、特捜本部は、何も知らない古屋を自宅で急襲し、連行する——そして特ダネは生きる。

受話器を置き、根岸は鼓動が高鳴ってくるのを感じた。「今日逮捕」のネタは、滅多に当たるものではない。しかもこちらは既に、容疑者の顔写真まで押さえている。久しぶりの完璧な特ダネになるだろう。

しかし、書いていいのか？

最初にこの情報がどこから出たかを探られたら、まずいことになる。誰も突っこんでこないかもしれないが、逆に厳しく追及される恐れもある……だいたい、警察の中でも意見はばらばらなのだ。北山——現場レベルの刑事なら、記者を上手く利用して記事を大きく書かせ、自分の手柄をアピールしたいという気持ちを持っている。しかし、管理職でももっと上のクラスになると、そんなことよりも「統率」を気にするのだ。情報漏れはご法度《はっと》。新聞記者にネタを流してやる必要などない……捜査一課長が部下に向かって怒鳴り散らす様は容易に想像できる。こういうネタの取り方は社内でも問題になるだろう。警察サイドが追及を始めても、守ってもらえないかもしれない。

だいたい、古屋が明日の朝刊の最終版を「読まない」保証はないではないか。家が遠い古屋は、もしかしたら事務所に泊まりこんでしまうかもしれない。早起きして新聞を引き抜き、社会面を開いて慌てて逃亡の準備を始める——そんなことになったら、本当に情報漏れに対する調査が始まるだろう。北山たちは、今夜から古屋を尾行して、監視を続けるだろうと分かってはいたが、それでも安心はできない。逮捕に際しては、細心の注意が必要なのだ。

書くべきではない。見送りだ。それを正当化する理由を根岸は考え始めた。

「何かいい話か？」宇佐美が期待をこめて根岸を見る。

「いえ……」

根岸は短く否定してボックスを出た。まだ考える時間はある。とりあえず、葉子と話したい。

警視庁を出て、内堀《うちぼり》通りを有楽町《ゆうらくちょう》へ向かって歩き出す。行き先はどこだ？　このまま真っ直ぐ行くと、千代田署——葉子の勤務先だ。そこは特捜本部が置かれた場所でもある。

既に夕方……何もなければ、葉子は職場を出ている。もう少しすれば寮に戻るはずで、何とか電話で摑まえられるだろう。それまで少しだけ時間を潰さないと。根岸は手を上げてタクシーを停め——モデルチェンジしたばかりの新しいクラウンだった——都営地下鉄の千石《せんごく》駅まで行くように言った。今年、三田《みた》線は延伸され、葉子は地下鉄の乗り継ぎなしで千代田署の最寄り駅、日比谷まで通勤できるようになった。

六時半、駅の近くでタクシーを降り、公衆電話を探す。煙草屋の店先で赤電話を見つけ、すっかり記憶している寮の電話番号を回した。いつものように偽名を使い、葉子を呼び出してもらう……電話に出た葉子の声は弾んでいた。

根岸は、ちょっと会えないか、と誘うつもりだったが、葉子の方で一方的に喋り始めたので、その目論見《もくろみ》は頓挫《とんざ》してしまった。

「ちょっと早いと思うけど……うちの親に会ってくれる？」

「え？」

「あなたのこと、話したの。そうしたら、いい話だから、一度会いたいって」

「ああ……ああ、そうなんだ」無意識のうちに間抜けな声を出してしまう。彼女の方でそこまで真面目に考えていたとは。

「迷惑かもしれないけど、最近、親もうるさくて」

「そうか」

ここで覚悟を決めなくてはいけないのか？　これは大事なことだ。人生で一度きりの大勝負。特ダネを書く機会は何度でもあるが……いや、特ダネだって大勝負だ。

しかし、そこから先のことを考えると頭がくらくらしてくる。明日の朝刊で記事が出る。それを見た捜査一課長が激怒。東日に対して正式に抗議がきて、東日側がのらりくらりと対応しているうちに、捜査一課が本気で情報漏れについて捜査し始める

――葉子の名前が取り沙汰されるようになるまで、時間はかからないだろう。もちろん、北山がネタをくれたと明かすこともできない。

やっぱり、駄目だ。葉子を危ない目に巻きこむわけにはいかない。ここはネタには目をつぶり、彼女を取るべきだ――葉子が嬉しそうに話し続けたが、話の内容はまったく頭に入ってこない。また電話するから、と言って電話を切った時には、記事の「見送り」を決断していた。

午後十時、警視庁に戻ると宇佐美が原稿を書いていた。泊まりでもないのに、こんな時間にボックスにいるのは珍しい。普通は夜回り中の時間だ。

「何してたんだ！」いきなり低い声で脅しつける。

「何かあったんですか？」気圧《けお》されながら、根岸は訊ねた。

「例の女弁護士の事件、犯人が割れた」

「え？」根岸はその場で凍りついた。まさか……あの事件を担当していたのは俺だ。どうして宇佐美が古屋のことを知っている？　いや、もしかしたら古屋ではなく別の人間が犯人なのか？　自分の口から古屋の名前を口にすることもできず、根岸は「誰ですか」と訊ねた。

「古屋という、被害者と同じ事務所に勤めている若い弁護士だよ」

根岸は、気持ちのざわめきがすっと落ち着くのを感じた。それと同時に、「何故」「どこから」という疑問が湧き上がってくる。

「宇佐美さんのネタですか？」

「いや、浦田だ」

「浦田さん？」

思わず聞き返し、根岸はボックスの中を見回した。浦田の姿は見当たらない。

「浦田さん、どこから聞き出したんですか？」

「杉本《すぎもと》管理官だよ」

係長の北山の上にいる管理官か……当然、この情報は知っているはずだが、浦田が杉本に食いこんでいるのは初耳だった。その疑問を口にすると、宇佐美が皮肉っぽく鼻を鳴らす。

「たまたまだよ、たまたま。今夜杉本さんのところへ夜回りに行って聞きこんできたんだ。杉本さん、珍しく上機嫌だったんだろうな。普段なら、絶対にネタなんか寄越さない人なのに」

確かに。基本的に杉本は口が固い上に、新聞記者を見下している。眼鏡の奥から冷たい目で見られると、背筋がぞっとするほどだった。根岸も、まともなネタをもらったことは一度もない。今夜は、ややこしい事件の容疑者逮捕までこぎつけて、よほど機嫌が良かったのだろう。

「普段他社の記者が行かない人のところにも、マメに顔を出さないと駄目だな」宇佐美が説教した。

「ええ」

「明日の朝、自宅で引っ張るようだ。これから浦田が戻って来て原稿を書くから、お前も手伝ってやってくれ。明日逮捕なら、容疑者の人となりについてもそれなりに分かっているだろう。今から電話攻勢で取材して、原稿を厚くするんだ」

そんなもの、取材せずともとっくに分かっている。古屋については、これまでのキャリアから普段の仕事ぶりについてまで、すっかり調べ上げているのだ。メモ帳に書かれた情報を原稿用紙に書き写せば済む。ただし、事前に情報を摑んでいたことは絶対に秘密だ。今からあちこち電話をかけて、古屋を裸にする——ふりをしなければいけない。

「俺は一課長に直接当ててくる。キャップが一時間ぐらいで戻って来るから、お前はここで電話番しながら、浦田の手伝いをしてくれ」宇佐美が椅子の背に引っかけていたコートを摑んで立ち上がる。

「……分かりました」

何だか釈然としないながらも、根岸は原稿用紙を用意した。気が抜けた……まさか、こんなところからネタが出てくるとは。とにかくこれで、「今日逮捕」のネタは潰れずに済む。もちろん、自分の手柄は吹っ飛んでしまうが、そこは割り切るしかないだろう。先ほど決めた通りに自分は書かず、浦田も情報を取らないままで、もしも他紙が書いてきたら……その抜かれは、一課担として痛過ぎる。

これはこれでいいんだ、と自分を慰めるしかなかった。一人で留守番しながら、古屋の人となりに関する原稿をさっととまとめてしまう。ハイライトをひっきりなしに吸いながら、書き上げた原稿を見直し、少しだけ修正し……としているうちに、キャップの蟹田が戻って来た。煙草の煙を吹き上げながら、根岸をぎろりと睨み「命拾いしたな」とぽつりと言った。

「どういう意味ですか」十五歳の時に、東京の下町空襲を何とか生き延びたと日頃から言っている蟹田に「命拾い」と言われると、ぞっとする。

「お前も、どこかの記者と同じような目に遭《あ》わずに済んだ、ということだよ」

根岸は頭を殴られたような衝撃を覚えた。「それは……」と言ったものの、後の言葉が続かない。

「つき合う相手はよく考えて選べ。警察官なんかを恋人にすると、ややこしいことになるんだよ」

「はい」まさか、警察の中はそんなに風通しがいいのか？

「千代田署の婦警さんだそうじゃないか。この殺しについて、何か聞いてたんじゃないだろうな」

根岸は唾を呑み、沈黙した。ずっと睨みつけていた蟹田が、にやりと笑う。

「聞いたかどうか知らないけど……自分で書かないで正解だよ。お前がその婦警さんとつき合ってることは、警察の中でもバレバレだったんだ。そういう女からネタをもらったことが表に出たらどうなると思う？　問題だぞ。ま、今回は浦田が頑張ったそうだから、奴にお礼を言っておけ。抜かれなくてよかったな」

「……はい」警察も新聞社も恐るべき存在だと改めて思った。プライベートなど、簡単に暴かれてしまう。

「結婚するのか？」

「まだ分かりません」夕方、葉子と交わした会話を思い出す。彼女の両親に会う話……断れないだろう。自分で何もしていないのに追いこまれた感じだった。

「そうか。何だったら、仲人をやってやってもいいぞ」

お断りします――即座に頭に浮かんだが、さすがに口には出せなかった。

ぎりぎりの線は切り抜けた……のだろうか。大きなネタを逃した失望感と、これからも葉子とちゃんと過ごしていける安心感。二つの気持ちに挟まれ、根岸は薄笑いを浮かべるしかなかった。

1986年

好敵手

1

新潟《にいがた》の酒は久しぶりだ。もちろん、東京にいても呑めるが、地元で呑《の》むところに味わいがある。美味い日本酒は限りなく水に近くなるというが、まったくその通りだ。喉越しがいい上に、いくら呑んでも酔いが回らない。

「懐かしの新潟の酒はどうだい」

「いいですねえ」杯《さかずき》を宙に浮かしたまま、東日新聞新潟支局長――一ヵ月前に赴任したばかりだ――の和泉卓郎《いずみたくろう》はうなずいた。当時の記憶があっという間に蘇ってくる。新人記者として赴任し、仕事と日本酒の味を覚えた街……そこへ、二十年ぶりに帰ってきたのだ。また毎日のように美味い日本酒を味わえると思うと、表情が緩《ゆる》んでくる。

「相変わらず、いい呑みっぷりですね」和泉は素直に言った。相手——県警本部長の須山正巳《すやままさみ》は、顔色一つ変えずに杯を重ねている。髪に白いものが混じっているのは当然か……それに少し太った。

フラスコのような形のガラス容器に日本酒を入れ、周りを氷で冷やす。熱燗《あつかん》もいいが、零度に近い温度で呑むのもいい。雪が降る季節には、雪に酒を注いで自然のオンザロックにするのも粋だと言われている。今——三月の新潟はまだ冬で、外にはけっこう雪が残っているが、この部屋には窓がないから「雪割り酒」は無理だ。店の人に「雪を持ってきてくれ」というのも筋違いな気がする。

それにしても、県警本部長ともなるとこういう高級な店を使うのか、と感心する。かつて、二十年以上前にもよく呑み歩いたのだが、あの頃は二人とも安い居酒屋専門だった。ここは「料亭」と言っていい。新潟市には昔ながらの——それこそ江戸《えど》時代から続くような大きな料亭が何軒か残っているが、今回はそうした古い店ではなかった。日本海側随一《ずいいち》の繁華街である古町《ふるまち》の外れの、比較的新しい店。個室がいくつもあり、内密の話をしても漏れないようになっている。店の佇《たたず》まいを見た限り、けっこうな料金を取られそうだ。相手は本部長、自分も支局長としてそれなりに自由に使える経費があるから、懐《ふところ》の心配をする必要はないだろうが。

これが歳を取るということかもしれない。

「新潟で仕事をする楽しみはこれだね」須山がニヤリと笑った。「料理も、どうだい？　こういう鮭尽《さけづ》くしは懐かしいだろう」

「確かに」

順番に出てくる料理は全て、舌の記憶に残っている。鮭の鼻先の軟骨を薄く切って酢の物にした「氷頭《ひず》なます」、塩引き鮭を一年がかりで乾燥発酵させて作る「酒びたし」、単純に切り身を焼いたもの。どれも濃厚で懐かしい味だ。コースの最後には鮭と醤油《しょうゆ》漬けにしたイクラをたっぷり載せた「はらこ飯」が出てくるはずで、和泉はこれを一番楽しみにしている。

「しかしまさか、こんなところでまた会うとはね」須山がしみじみと言った。

「意外ですね」和泉は話を合わせた。

「お互い宮仕えだから、どこへ行くかは分からないけど、ここで会うとは思ってもいなかった」

「私もですよ……須山さんは、こっちへ来て二ヵ月ですか？」

「ああ」

「どうですか、本部長の目で見る新潟は」

「えらく変わったね」

「そうですね……でも、最近の話じゃないですよ。新潟地震の後でずいぶん変わったんです」

「そうか。私はあの頃、もう新潟を離れていた」

そうだった、と和泉は頭の中で計算した。自分が新潟支局に赴任したのは、一九六一年四月。その半年後に、和泉より三歳年上の須山が、県警の捜査二課長としてやってきた。須山が新潟にいたのはわずか一年半——六三年春には異動していったから、六四年六月に発生した新潟地震は経験していないわけだ。あの時和泉は、初めて「液状化」という言葉を知った。四階建ての県営アパートが大きく傾いた様をこの目で見て、唖然《あぜん》としたものである。まさか、あんな大きな建物が傾くとは……。

「新幹線も高速も通って、すっかり近くなったね」須山が感慨深げに言った。

「田中角栄《たなかかくえい》様様ですね」上越《じようえつ》新幹線は四年前に大宮《おおみや》——新潟間が開業し、去年の春には上野への乗り入れが実現した。関越道は去年十月に全通。二十五年前、最初に新潟に来た時は、何という僻地《へきち》なのだと呆《あき》れたものだが、今では東京から二時間ほどしかからない。

新潟を日本海側の「僻地」から解放した田中角栄は、去年の二月に脳梗塞《のうこうそく》で倒れ、今は動向も伝わらなくなっている。しかしマスコミからすれば、依然として大きな取材対象だ。まずは、次の選挙に出るか出ないかを探らねばならない。

「まあ、その辺は立場上、何とも言えないが」須山が苦笑する。

「でしょうね。でも、お国入りでもした時には、警備も大変でしょう」

「今のところ、そんな情報は聞いていないが」

「そうですか。やっぱり自由には動けないんでしょうね」

話を合わせながら、和泉は内心ニヤリとした。須山もまだ、自分にネタを投げてくる気持ちはあるようだ。

「帰ってくれば、また大騒ぎになるんだろうね」

「しょうがないですよ。未だに、新潟では最大のスーパースターなんだから」和泉も苦笑した。最初に和泉が新潟支局にいた頃は、自《じ》民党《みんとう》の政調会長、大蔵大臣などを歴任し、上り調子の「若き総裁候補」だった。戦後の首相で、もっとも毀誉《きよ》褒貶《ほうへん》の激しい人物……若くして首相の座に上り詰め、「今太閤《いまたいこう》」ともてはやされてからわずか二年で、疑惑が噴出して退陣を余儀なくされた。そして今や刑事被告人である。そして、復活できるかどうかが分からない重病人。

「いずれは、田中時代も終わると思うけどね」

「本部長になると、政治的観測も口にするんですか」

嫌そうな表情を浮かべ、須山が杯を口元に運んだ。あまり皮肉の通用しない人だからと思い出し、和泉は話題を昔の話に戻した。須山とのつき合いはもう二十年以上で、思い出話は尽きない。もっとも一番盛り上がるのは、やはり前回新潟で一緒になった時のことだった。

「あの頃のあなたは、鬼のようだったね」須山がかすかに皮肉っぽい調子で言った。

「まさか」和泉は即座に否定した。「若かっただけですよ。何にでも一生懸命だっただけです」

「それが今や、五十の声が聞こえる年になって――」

「すっかり体力も落ちましたね」

「それはお互い様だ」

「須山さんはお元気そうですが」

「そんなことはないよ」

力なく笑って、須山が首を横に振った。和泉が見た限り、体調は良さそうだが……

二人が深くつき合うきっかけになったある事件については、未だに具体的には話せない。事件としてはとうに終わっている――裁判も何年も前に終わっているのだ――とはいえ、地元で当時の容疑者たちの名前を出すのは気が引けた。個室にいても、誰に聞かれているか分かったものではない。むしろ、大学の先輩後輩――二人とも警察官僚や新聞記者をあまり輩出《はいしゅつ》しない私大出身だ――として、気楽に話すべきだろう。

「最近、こっちは？」須山が右手の人差し指と中指を合わせて伸ばし、ぴしりとテーブルに置いた。

「囲碁ですか？　いやあ、なかなか……支局ではやる人間が一人もいないんですよ」

「アマ四段の腕が泣くな」

「須山さんはどうですか？」

「時々は……警察官には、囲碁好きも多いからね」

「また手合わせ、お願いしますよ」

「もちろん――ところで」須山が急に真顔になった。杯を干し、軽く音を立ててテーブルに置く。「支局長になると、いろいろ忙しいものですか？」

「雑務は多いですね。金の計算とか、人事の査定とか……イベント関係で顔を出さなくちゃいけないこともあるし」

「地元の名士ってところですか」

「よして下さいよ」和泉は顔の前で手を振った。実際には、人前に出て一言挨拶、という機会は少なくない。東日新聞は、地方でも文化・スポーツ事業を多く後援している。マラソン大会、ゲートボール大会、絵画展に書道展――年に何回も、そういうイベントの開会式で挨拶しなければならない。そういうことが苦手な和泉は、今から想像して嫌な気分になっていた。

「自分ではもう、取材なんかしないわけだ」

「そういうわけでもないですけどね。大きな事件になったら、直接指揮を執ることもあるでしょう」

　実際、自分が赴任する直前──今年の一月に能生町《のう》で発生した雪崩《なだれ》では、普段支局で取材指揮を執るデスクも現場に投入され、支局からの指揮と原稿処理は、当時の支局長が担当したのだ。支局長の引き継ぎでそれがいかに大変だったかを聞かされた和泉は、「はいはい」と素直にうなずいたが、内心では馬鹿にしていた。新人時代に過ごした五年間に、何度雪崩の取材をしただろう。それにこっちは、新潟地震も経験している。いざとなれば、支局長の立場でも現場に出る覚悟はできていた。

　ただ、「いざという時」は滅多にない。

「雪崩とか？」須山が窺《うかが》うように訊《たず》ねた。

「能生町の雪崩ぐらいになると、そうですね」考えを読まれたようで、どきりとしながら和泉は認めた。

「普通の事件はやらないのか？」

「それこそ、規模によるでしょう……何かあるんですか？」

「まあね」

　和泉は胡座《あぐら》をかき直した。須山は率直な男で、回りくどい言い方はしない。昔からこちらが真面目に耳を傾けている限り、常に率直に話してくれた。

「あなたの得意なネタだよ」

「……公安ですか？」

須山が無言でうなずく。和泉は長年、公安事件の取材を続けてきた。入社したのは六〇年安保が一段落した頃だったが、本社へ上がって警察回り、その後に警視庁クラブを担当していた頃は、七〇年安保が燃え盛り始めた時期と重なった。その象徴とも言える安田《やすだ》講堂《こうどう》事件の時には警視庁クラブにいたので原稿を書きまくったし、七〇年代に入ってから学生運動が先鋭化・分派化した頃には、警察庁を担当していて、より上からの視点で取材を続けていた。

「そういうネタは、今さらか？」

「そうですねえ……さすがにもう、昔のようにはいきませんよ」

七〇年代の和泉は、過激派各派にも潜入して、直接情報を取っていた。ただし今考えると、その情報の質はことごとく悪かったと思う。これがちゃんとした組織――たとえば警察なら、情報は垂直統合型で、誰に聞いても同じ内容が出てくる。しかし過激派グループの場合、そういうわけにはいかなかった。当たる人間によって、出てくる情報がまったく違う――つまり、意思統一がされていなかったのだ。和泉の解釈では、七〇年安保が失敗した最大の原因は、この「組織の緩さ」に尽きる。

「昔のネタ元とも切れている？」

「須山さんを除いては」

「最近、そういうやりとりをしたかな」須山が首を捻る。どことなく、わざとらしい仕草だった。

「まさか……直接会うのだって、三年ぶりですよ」その「三年前」の時も、ネタのやりとりがあったわけではない。須山が久しぶりに東京――警察庁へ戻って来たので、そのお祝いで会ったのだ。

「そんなになるか」

「記者は結局、いつか取材現場から外れますからね」

「そうじゃない記者もいるだろう」

「論説委員や解説委員を、記者と言えますかねえ」和泉は首を横に振った。

「歳を取ってもずっと、定年まで取材を続けるような記者はいない？」

「地方にはいますよ」実際、新潟支局にもそういう大ベテランはいる。和泉よりも年上で、来年には定年を迎えるのだが、今でも上越支局で健筆を振るっている。五十五歳を過ぎて、給料はがっくり減ったそうだが、それは気にもならないようだ。

「あなたは、立場上、そういうわけにはいかないんだね」

「一応、管理職ですからね」

「じゃあ、ネタにはもう興味がない？」

「そんなこともないですよ」和泉はとりあえず否定した。「一応、今でも記者職ですからね。それに、いいネタなら支局員に振って、記事にさせます」

「さすがにもう、自分で取材するまでもない、ということか」須山の言い方は、どこか皮肉っぽかった。

「いやいや、それぞれ仕事の役割がありますから」そう言いながら、和泉の好奇心は刺激されていた。でかい話なら、若い連中には任せられない。あいつらは淡々とし過ぎている。ここは自分が乗り出すべき——自分の手柄にすべきではないか。

「ふうん……」

須山が顎を撫《な》でる。すっかり恰幅《かっぷく》がよくなり、二重顎になっていることに、和泉は今さら気づいた。

「で、どういうネタなんですか」

「近々、警視庁が攻めてくる」須山がぼそりと言った。

「県警の話じゃないんですか？」

「公安の事件に関しては、県警なんて大したことはできないよ」須山が苦笑する。

「そんなこと、あなたはよく知っているはずだ」

「まあ……そうですね」極左の活動は、あくまで東京が中心だった。七〇年安保闘争華やかなりし頃は、地方でも大学を中心にあちこちで火の手が上がったものだが、あれはあくまで「飛び火」のようなもの。極左の監視と捜査は、あくまで警視庁公安部の仕事――それは警察の中でもマスコミの中でも、暗黙の了解だったのである。

「まあ、私の立場からは批判もできないけど、とにかく警視庁が来るよ」

「新潟に何かあるんですか？」

「ある」

「何が？」

「それぐらい、自分でつきとめないと」

「中途半端な情報ですねえ」

「あんたを甘やかしたくないからね」

「甘やかす……」和泉は思わず苦笑してしまった。昔から、須山はこうだ。何だか、和泉を「育てている」ような調子で話す。確かに須山の方が年上で立場も違ったのだが……。

「とにかく、少し調べてみたら？」

「侵攻は、いつ頃ですか？　二、三日の内とか？」

「タイミングはまだ分からないが、そんなに先の話じゃないだろう」

「ということは、時間はありませんね」

「おそらくは」

「県警側は、この情報は摑んでいるんですか？」

「まあね」

「あなたが情報を流したんですか？」

「そういう風に言われると、否定したくなるね」須山がにやりと笑った。

「どうせ、言うつもりもないでしょう」

「ないよ」

「分かりました」

「やってみるか？」探りを入れるように、須山が身を乗り出す。

「話を聞いてしまいましたからねえ」

「あなたが自分で取材する？」

「それはこっちの都合ですよ」和泉は壁を作った。取材のやり方まで教育されたら、たまったものではない。

「ああ、そうだね」須山はあっさり引いた。「じゃ、そこはお任せしましょう」

話題はそれからまた、かつての新潟の話に戻った。須山は昔から話が長く、特に酒が入ると同じ話を何度も繰り返す。慣れているから和泉は何とも思わないが、部下たちは辟易《へきえき》しているのではないかと想像した。しかし、須山も二度目の新潟か……前回、捜査二課長として赴任した時に知り合った人間も、まだ在籍しているかもしれない。全国へ転勤を繰り返すキャリア官僚ならではの人脈もあるだろう。

しかし、そういう人生——キャリア警察官としての人生も、間もなく終わりになるわけだ。

それは自分も同じだが。

いつの間にか、編集局の主流からは外れ、新人として赴任した地の支局長になってしまった。「長」がつく立場とはいえ、同期には、本社で何十人もの記者を束ねる部長になっている人間もいる。

何だか尻すぼみな記者人生だな、と思わざるを得ない。

2

「和泉さん、どうでした？」

官舎に帰るなり、妻の豊子《とよこ》が声をかけてきた。今日、懐かしい相手と会うことは、朝のうちに言ってある。警察官の妻は夫の仕事には口を突っこまないのが多いのに、豊子は昔から興味を持っているようだった。それはそうだろう……キャリア官僚の妻として、全国各地、知り合いすらいない土地を一緒に渡り歩いてきたのだ。単身赴任したこともあるが、基本は一緒。北は北海道《ほっかいどう》から南は宮崎《みやざき》まで——苦労を共にしてきた意識は、須山にもある。

「何だか、ずいぶん老けてたね」

「あら、ひどい言い方ね」コートを受け取りながら豊子が言った。

「老けてたが悪ければ、元気がなかった」

「あなたより年下でしょう？」

「まあね……ほぼ同年代と言っていいと思うけど」

「何か、お食べになりますか」

「いや」鮭料理攻めで、腹は膨れていた。「コーヒーが欲しいな」

「はいはい」

豊子がコートを片づけに行っている間、須山はダイニングルームのテーブルについた。背広を脱いで椅子の背に引っかけ、ネクタイを緩める。本部長官舎か……さすがに、これまでの官舎とは規模が違う。一応、一国一城の主だからな——これに比べれば、警視庁の課長官舎など、単なる「団地」である。新潟の本部長官舎は一戸建てで、しかも広い。県内で最も格上の新潟中央署のすぐ近くにあって、周辺環境も最高だった。

豊子がコーヒーを運んでくれた。彼女は昔から、コーヒーを淹《い》れるのが上手い。ブラックでも苦味が強くなく、すっきりした酸味が出るのが特徴だ。

「今日、古町をぶらぶらしてみたんですけど、あなたが言った通り、賑《にぎ》やかですね。

買い物には不自由しないわ」

「夜はもっと賑やかになるよ」豊子とは、新潟を離れてから結婚した。彼女は東京出身で、新潟に住むのはこれが初めてである。

「そのうち、連れていって下さいね」

「本部長が、家族連れで古町で呑んでるのを見られたら、何と言われることか」

「そんなの、気にしなくていいでしょう」

本部長は何かと窮屈《きゅうくつ》だ……公私の区別をつけるのも難しく、何かしようとすると、部下がすぐに介入してくる。プライベートで県内の観光地へ行くだけでも、「視察」の名目をくっつけて同行してくる。かといって、何も言わずに遠出すれば、「危機管理がなっていない」と批判されるのだ。息苦しい生活だが、まあそれもすぐに慣れるだろう。

「呑みに行くぐらい、いいでしょう」

「まあね」

「美味しそうなお店がたくさんあったわ」

豊子は本当に嬉しそうだった。こういう順応性は頼もしい限りだと思う。結婚当初は、東京生まれだから地方暮らしは無理ではないかと心配していたのだが、どこへ行ってもすぐに馴染《なじ》んでしまう。不思議なのは、どの街でも必ず友だちを作れることだ。本部長夫人となると、そう気軽にはいかないかもしれないが。

「それで、久しぶりに会った和泉さんはどうでした？　老けていたこと以外に」

「覇気《はき》がないな」

「老けこんだら覇気もなくなるわね」

「実際、ちょっとがっかりしたね」

「どうして？」

「こう……」須山は両手をこねくり回した。「昔は元気いっぱい、明るい将来が見えていた人間が、何となく人生の終わりに来ているみたいな」

「大袈裟《おおげさ》じゃない？」そういう豊子が、大袈裟に目を見開いた。「人生の終わりなんて、まだまだ先ですよ」

「仕事人としての人生の終わり、という意味で」

「でも、まだ五十歳にもなっていないんでしょう？」

「そうだけど……俺だって、そろそろだよ」

「あなたは五十歳を過ぎてるじゃない」

「そこの差は大きいわけか」須山は白髪《しらが》が増えた髪を手で梳《す》いた。最近、腰がなくなっている感じがする。まあ、これも年齢からして仕方ないだろう。

「その分、私も年を取ったわけですけど」

「いや、君はまだまだ若い」

「あら、お上手だこと」豊子が口に手を当てながら笑った。「何も出ませんよ」

「いやいや……そういうのは期待してないよ」

「あ、そうそう」テーブルの向かいに座っていた豊子が立ち上がる。キッチンへ入り、戻って来た時には、一通の封筒を持っていた。「これ、あなたに……今井《いまい》さんって、あの今井さんよね？　今、東京にいらっしゃるのね」

「ああ。二年前に警察を辞めて、今は民間の会社にいる」

「上手く天下りしたのね」

「そういうこと、はっきり言うなよ」須山は苦笑した。

大学の先輩、さらには警察組織の先輩でもある今井は、福井《ふくい》県警本部長を最後に勇退していた。多くのキャリア官僚が辿《たど》る道を、彼もまた辿ったのだった。

「手紙のやりとりなんか、してました？」

「いや、特に筆まめな人じゃないからな」とはいえ、須山にはこの手紙に思い当たる節があった。

封筒を開き、手紙を引っ張り出す。内容は予想していた通り……以前電話で頼んでおいたのだが、今井の方できちんと手を尽くしてくれたのだ。その結果を、口頭ではなく、記録に残る手紙という形で伝える。律儀《りちぎ》な先輩らしい、と須山は納得した。

手紙の内容を、豊子に話す。

「あら、じゃあ、家を何とかしないといけないわね」

「それが一番面倒だな」

「官舎ばかりだったけど、いよいよ家を買うわけね」

「辛いご時世だよな。最近、不動産価格は上がる一方だから」

「退職金で何とかなるかしら」

「どこに住むかによるね」須山は顎を撫でた。家には特にこだわりがないが、住む場所は考えてしまう。これまでは官舎住まいが多く、通勤時間はいつも短かった。今も、県庁と隣接した県警本部へ出勤するには、車で十分ほどしかかからない。今さら、毎日満員電車に揺られることを想像すると、ぞっとする。

「その辺、君に任せていいかな」

「じゃあ、近いうちに東京へ行ってきますね。向こうの不動産屋さんと顔をつないで、いい物件が出たら紹介してもらうのが一番確実よ。物件回りなんかしてたら、時間がいくらあっても足りないから……それで、一軒家？　マンション？」

「マンションでいいんじゃないかな。これからは夫婦二人の生活になるわけだし」

長男、次男——年子だ——とも既に大学生。二人とも家を出て、アパート暮らしをしている。特に次男は九州の大学に進学したので、もう独立しているようなものだ。

遠からず就職、そして結婚という時期もやってくる。それぞれ自分たちの家庭を新しく築いていくわけだから、親とは関係なくなる……今後は夫婦二人の時間が多くなるだろう。

「じゃあ、次の週末にでも。いい？」

「任せるよ」

家のことは女房の好きにさせるのが一番いい。

自分には今、他にやるべきことがあるのだ。警察官僚の仕事として、それが正しいかどうかは分からないが。

3

和泉は支局長室で、書類の整理をしていた。前任者はあまり整理整頓好きではなかったようで、明らかに必要のない、古い書類も残っている。捨てる物と残す物を選別しないと……本棚の空いた場所には、自分の囲碁関係の本を入れていく。高校生の頃から続けている囲碁は、唯一の趣味と言っていい。須山と親しくなったきっかけも囲碁だった。この腕を活かして、文化部で囲碁担当になる道もあったよな、と思うこともある。

ふと、昔の――一年前の社報を見つけて読み出してしまう。社会部時代の先輩、濱中が定年退職した月のものだ。定年退職者は顔写真つきで紹介され、時に「退職の辞」を書く人もいる。濱中もそうだった。

記者生活三十一年、今になって思い出すと、やり残したことはたくさんある。取材が中途半端に終わった事件は、辞める今になっても心残りだ。定年後は時間ができるから、そういう事件を掘り起こしていきたい。特に草加次郎の事件は、必ず何らかの形で記事にする。

草加次郎か……一連の事件が発生した時、和泉はまだ新潟支局にいたが、事件については新聞で散々読んだ。後で濱中本人に聞いた話だと、遊軍時代にあの事件にかかりきりになっていたという。ただし濱中は、和泉が社会部に上がってからすぐに、横浜支局に異動していた。どうも、草加次郎事件の取材で何かミスがあったらしい。その後は地方を転々として、最後は千葉《ちば》支局長で定年を迎えた。取材現場からはとうに外れていたのに、一九七八年に時効になった草加次郎事件を未だに気にかけていたのか。

最後まで情熱を失わなかったのは、ある意味、記者の鑑《かがみ》だ。しかし濱中は、去年の暮れに病没していた。突然の心臓発作だったと聞いている。新聞記者は、酒と煙草で体を痛めつけているから……彼の無念が身に染《し》みる。まだ取材したかっただろうに。自分は元気だ。やる気だって——そう、志半ばで亡くなった濱中の遺志を継ぐべきではないか。扱う事件は違うが、ここでもう一花咲かせたい。支局長が取材しても問題はないのだし。

「島野《しまの》、ちょっと」

和泉は支局長室から顔を出して、デスクの島野を手招きした。午後早く、一番暇な時間帯。もっとも新潟支局には、司令塔役のデスクが一人しかいないから、島野は朝から晩までてんてこ舞いの毎日だ。今は、出前の昼食を終えて、ほっと一息ついたところだろう。

島野は一礼して支局長室に入ってきた。和泉はソファを勧め、すぐに煙草に火を点けた。島野もそれに倣う。今年三十八歳の島野は、地方支局のデスクの中では若手の方だ。しかし新潟支局に赴任してから一年、疲れが溜《た》まっている様子で、顔色が悪い。忙し過ぎるんだよな、と同情した。能生の雪崩取材が、ダメージとして残っているのかもしれない。

「ちょっと、変なネタを聞きつけてきた」

「支局長がですか？」島野が目を見開いた。

「俺だって、ネタぐらい拾ってくるよ」投げてもらった、と言った方が正確だが、状況まで説明するつもりはない。

「極左の関係だ。県警ではなく、警視庁が追っているらしい」

「だったら、新潟は関係ないじゃないですか」

「いや、県警マターなんだ……おそらく、県内に大規模なアジトがあるとか、そういう話なんじゃないかと思う」

「新潟にですか?」島野が大きく目を見開く。「今まで、新潟で極左の大きなアジトが見つかったことなんか、ありませんよね」

「今まではね」和泉はやんわりと言った。「今後もないと決まってるわけじゃない。極左の連中も、東京では動きにくくなっているから、地方に手を伸ばすというのは、十分考えられることだ」

「それは、元公安担当としての読みですか?」島野はそれでも疑わしげに聞いてくる。

「常識だよ、常識」和泉は身を乗り出し、煙草の灰を灰皿に落とした。「極左の活動は、未だに地下水脈みたいに続いているんだ。見えないだけで、ある日突然吹き出すことがある」

「そんなものですかね」

「ああ。ちょっと、警察回りの連中に当たらせてくれ」

「でも、警視庁のネタなんでしょう？」

「県警の連中も知ってるはずだ。警視庁は予告なしでいきなり家宅捜索をかけることが多いが、事前に地元に情報を入れることもある。捜索が大規模になれば、人手が必要になるからな」

「要するに、新潟の人間を手足として上手く使うわけですね」

「その辺は、俺たちには何とも言えないが……役所とマスコミは違う」

「分かりました」島野が煙草を灰皿に押しつけ、膝を一つ叩いた。「書けるといいんですけどね」

「書けるように取材するんだよ。公安ネタを取材する機会は、田舎にいるとあまりないから、警察回りの連中にしても、いい経験になるだろう」

「了解です」

一礼して島野が支局長室を出て行ったが、ドアを閉める直前、かすかに首を傾げたのを和泉は見逃さなかった。島野はまさに全共闘世代なのだが、学生運動華やかなりし頃もノンポリで通していた、と聞いたことがある。今も、極左の動向などには関心がないのだろう。

ましてて若い警察回りにとって公安事件は、島野以上に縁遠い世界かもしれない。この取材が上手くいくかどうか、和泉は早くも目の前に暗雲が漂い始めるのを感じていた。

和泉が自分で取材して原稿を書かなくなってから十年近くが経つ。考えてみれば、現場の記者として活躍できたのは、二十年にも満たなかった。島野を送り出し、支局長室で一人になると、和泉は新しい煙草に火を点けた。最後の原稿は……覚えている。東京本社の社会部遊軍の時に書いた、やはり公安関係のネタだった。一九七五年に起きた北海道警爆破事件に関するささやかな特ダネだったが、続報が出せなかった。公安事件では、こういうこともよくある。いい筋だと思われたことが、いつの間にか雲散霧消《うんさんむしよう》……あの特ダネも、そういう無数の記事の一つになった。

ネタ元はもちろん、須山。

その後和泉は、地方部に転出した。全国に広がる支局網を統轄するこの部に異動したということは、地方回りの始まりを意味していた。事実、本社地方部、宇都宮《うつのみや》支局デスク、本社地方部、千葉支局デスク、本社地方部と、地方と本社を行ったり来たりする日々が続き、新潟支局長になった。実に疲れる……体も気持ちも落ち着かず、この間に離婚も経験した。職は違っても須山はこういう生活を何十年も続けているわけだが、慣れるものだろうか。夫婦仲がいいことは、言葉の端々《はしばし》から窺えるのだが。

どこで失敗したのだろうと、今でも不思議に思う。公安記者として何本も特ダネを飛ばし、上の受けも悪くなかったはずだ。本社の主流部門を歩み、今頃は社会部長の声がかかっていてもおかしくなかったのに。地方勤務と本社勤務、どちらが偉いというわけではないが、和泉にはもう、本社での「上がり目」がない。可能性があるとしたら地方部長か……もちろん、人事はどこでどう転ぶか分からないが。

「さて、どうなるかな」一人つぶやき、煙草を灰皿に押しつける。午後早い時間までに、既に十本を灰にしていた。

張りのある腰を庇《かば》いながら立ち上がり、窓辺に歩み寄る。ブラインドの隙間に指を突っこんで押し下げ、国道一一六号線を見下ろす。かつて——和泉が最初に新潟に赴任した頃には県庁がすぐ近くにあり、支局は取材拠点としては一等地だった。しかし県庁は去年、信濃川《しなのがわ》右岸の新光町《しんこうちょう》に引っ越している。市役所も老朽化が進み、近々県庁の跡地に引っ越す予定だ。自分がいた頃とはずいぶん変わった、と街を歩く度に思う。何より大きな変化は、堀がなくなったことだ。かつて——新潟国体が始まる頃まで、新潟市は縦横に堀が走る街で、それが独特の情緒を醸《かも》し出していたのだが、今はあまり個性が感じられない大都会である。唯一、往時の面影を残すのは柳の並木だけだ。

あの頃はよかった、とは思わない。街は便利になる一方で、当然今の方が暮らしやすくなっている。

変わったのは自分かもしれない。

六〇年代初め、この街で記者生活を始めた和泉は野心の塊《かたまり》だった。自分だけではなく、一緒に赴任した同期の二人も、全国の支局に散った仲間たちも、できるだけ早く本社へ上がり、東京で大きな仕事をしたいと切望していた。政治の節目に立ち会い、一面トップにくるような事件の特ダネを書き、あるいは世界を股にかけて飛び回る——和泉は、社会部で自分なりの居場所を摑んだと確信していた。公安事件という難しい取材で手腕を発揮したのだから、「余人に代えがたし」という雰囲気が周囲に生まれていたのも間違いない。

何もなければ、今も論説委員や解説委員として原稿を書いていたかもしれない自分。あるいは社会部のデスクから部長へのルートに乗っていたかもしれない自分。

それがどうして、五十歳を前にしてここにいるのだろう。離婚して独り身ゆえ、あれこれ余計なことも考えてしまう。支局長は、支局の建物の最上階に住むことになっているのだが、毎日の仕事が終わってそこへ上がるのが嫌でならなかった。まだ寒いこの季節、一人にはなりたくない……必然的に、古町や西堀通《にしぼりどおり》などの繁華街でぐだぐだと管《くだ》を巻くことが多くなっていた。支局員に酒を吞ませるなら、夜の街歩きもいいだろうが、いつも一人。

いったい自分は、何をしているのだ。

こういう時は基本に立ち返れ。

記者の基本は、常に特ダネを書くことだ。

4

「向こうは何と？」

須山の問いかけに、警備部長の望月《もちづき》が、力なく首を横に振った。顔色はよくない。はっきりしない男だ、と須山は苛ついた。元々大阪府警の採用で、推薦制度で警察庁に異動してきた男である。自分たち本来のキャリア組とは能力も心がけも違う。それにしてもだらしがない……警視庁の動きを探るぐらいは何でもないはずだ。

「確実な情報なんだけどね」

「申し訳ありません」

「もちろん、こっちが無理に手を出す必要はない。警視庁の方が先に捜査を進めているのは確かなんだから。しかし、連中が入ってきた時に、青天の霹靂《へきれき》という状態ではまずいんだ」

「もう一度、伝手《つて》を辿ってくれ。あなたも、警視庁なり警察庁なりに、話ができる人がいるだろう。こういう時に、電話一本で情報が取れないようでは、県警の警備部長としては……」失格だ、と言おうとして須山は言葉を呑みこんだ。

「承知しています」

今の自分に、そんなことを言う資格があるか。

「まあ、いい。とにかく情報を収集して、逐次《ちくじ》報告して下さい」

「失礼します」望月が深く一礼し、本部長室を去った。

須山は椅子《いす》を回し、大きな窓から外を見た。四階建てで、信濃川が直接望めるわけではないが、緑の多い光景は気持ちを和《なご》ませてくれる。ただしそうなるのは、あと一ヵ月ほど先だろう。薄汚れた雪が周囲を埋め尽くしている。新潟の陰鬱な冬に特有の光景。よりによって自分が赴任してきた時に、こんな大雪にならなくても、と恨めしく思う。通称、六一豪雪。能生町の雪崩を呼び、県内の交通網をずたずたにした。本部長の仕事として、何とも騒がしい幕開けだと思う。

机に向き直り、受話器に手をかける。自分が電話一本かければ、簡単に情報は取れるだろう。しかしそれでは、部下を育てることにはならない。

迷っている間に、突然電話が鳴った。もちろん、電話はいつ鳴ってもおかしくないのだが、どきりとする。一つ深呼吸してから受話器を取り上げる。

「須山です」

「おお、忙しいところ悪いな」

「いや」

「今、何やってる？」

「決裁だ」警備部長を叱責して追い返したところだ、とは言えない。眼鏡を外し、鼻梁《びりょう》を揉む。この相手——同期の三田《みた》——への対応を間違うわけにはいかない。調子はいいが、腹の底では何を考えているか分からない男なのだ。そしてこの件については、須山のネタ元でもある。

「本部長はお忙しいことだな。雪崩の処理はもう終わったのか？」

「あれは、警察が積極的に手を出すような問題じゃない。現場の捜索が終われば、後は行政の問題だ」

「赴任早々、大変だったな」

「ああ」

「ところで」電話の向こうで、三田が咳払いした。「明後日になったぞ」

「二日前か。ずいぶん早い通告だな」

「決まったらすぐ教えると言っただろう」

「現場は、前に教えてもらった通りの場所だな」

「そう」

須山は机に置きっぱなしにしてある新潟の道路地図を広げた。当該箇所のページの隅は既に折り曲げてある。証拠を残さないために——誰かに気づかれると後々面倒だ——特に印はつけていないが、もうすっかり覚えてしまっている。現地の様子まではっきりとは分からないものの、何となく想像はついた。小千谷《おぢや》市内の関越道沿い。あの辺は一度視察で通ったことがあるが、関越道はやたら真っ直ぐな直線が続いている。

その側道にある農作業小屋が、今回の警視庁のターゲットである。

「中身は把握しているのか」

「まさか」三田が笑う。「ガサをかける前から中身が分かるわけがない」

「しかし、大事にしたいんだろう？」

「たぶん、そうなる」

「Sの言葉を信じるとすれば、か。そのSは信用できるのか？」

「公安一課によると、なかなかの上玉らしい」

「今時よく、そんなのを飼っておけるな」

「S」＝スパイ。極左組織の人間をリクルートし、警察の情報源として使う方法は、何十年も前に確立されている。警察側からスパイを送りこむ手もあるのだが、調査対象は基本的に学生など若い連中である。どんなに若い警察官を潜りこませても、簡単には馴染めない。それよりも、相手の幹部クラスで脇の甘い人間を抱きこむ方がよほど楽なのだ。

「金もずいぶん使ったそうだ」三田が淡々と説明した。

「それが連中の活動資金になっていると考えると、どうもいい気分はしないな」

「お前がそんなことを言うとはね」三田が鼻を鳴らす。「その道のプロじゃないか」

「俺は、直接Sをリクルートしたことはない」

「それはそうだが、やり方はよく分かっているだろう」

「まあな」

「とにかく今回は、信用できるSだ。相当の収穫が期待できると思う」

「態勢は？」

「公安一課と、機動隊の一個小隊を派遣する」

「機動隊まで出すのか？」

須山は目を見開いた。間違いなく田んぼの——今は分厚く雪に覆われているだろう——真ん中である。人が詰めているかどうかも分からないが、いるにしても少人数のはずだ。アジトのガサをやる時に機動隊を投入するのはよくあるとはいえ——鉄製の頑丈《がんじょう》な扉をぶち破るのが毎回のお約束になっている——今回はそれほど手間がかかるとは思えない。無人の農作業小屋を開けるだけなら、公安一課の刑事が何人かいれば十分なはずだ。

ということは、このガサは目立ってしまう可能性がある。一面雪景色の中で、機動隊の一個小隊が小屋を襲撃すれば、嫌でも目につくだろう。関越道から見えるかもしれない。それでマスコミに情報が入る可能性もあるが、そこまで気にしなくてもいいだろう。きりがない。

「時間は？」須山は確認した。

「朝九時には着手する。こっちを早朝スタートだな」

「偵察は済んでるんだろうな？」

「もちろん。見た限りでは、一時間か二時間あれば終了するな」

「そんなに小さな小屋なのか」

「ああ。目立たないことだけが利点だな」

「連中の狙いは何なんだろう」

「今、ゲリラの計画がある」三田の声が急に小さくなった。「成田《なりた》空港絡みの大規模なゲリラ」

「まさか、空港そのものを狙うつもりじゃないだろうな」

「馬鹿な」三田が乾いた笑い声を上げた。「七八年の管制塔襲撃事件を想像したか？

あの時と今では状況が違う。もう、空港は完全に平常稼働してるんだぞ。今の状況で空港を狙ったら、死者が出る。連中もそれは望まないはずだ。それでなくても、風当たりが強いんだから」

「風当たりが強いわけじゃないだろう。連中は、もはや忘れられた存在だ」

「だからこそ、警視庁もたまに大規模なガサをやらないと……公安が仕事をしていないように思われるわけだ」

「よせよ」須山が嫌そうに言った。「内輪の人間にそんなことは言われたくない」

電話を切り、須山は立ち上がって背中を伸ばした。成田空港管制塔の占拠事件……あれはもう、八年前のことになる。公安にとっては、敗北の一言だ。開港直前の成田空港管制塔が過激派に占拠され、管制用機器などが破壊された結果、開港は延期になった。公安警察として戦後最大の敗北と言っていい、と須山は評価していた。その頃須山は宮城《みやぎ》県警の警備部長をしていて、この件には直接かかわっていないのだが。

そして開港後も、成田空港反対闘争は極左の一大テーマになっている。去年十月にも、成田市内の三里塚《さんりづか》交差点付近で極左と機動隊が衝突し、二百人以上の逮捕者が出る騒動が起きている。

成田空港問題は、公安だけでなく警察全体の特別な事案である。七一年には機動隊員が反対派の襲撃を受け、神奈川県警の警察官三人が殉職《じゅんしょく》。以来、成田空港は極左にとっても警察にとっても、闘争の象徴たる場所となった。

今回のゲリラの狙いは何か……去年の大衝突以来、極左側の動きはやや沈静化しているが、「大衆闘争」が引っこむと、少人数による「ゲリラ」が活発化するのが、極左の基本的な動きである。三田の読みも外れていない、と須山は認めた。そして、警察はちゃんと動いていると世間にアピールする必要がある。昔からそうだ。一社に特ダネの材料を投げれば、記事は大きく掲載される。須山の内外へのアピール、和泉の「特ダネ欲」が同時に満たされる。

これを和泉がどう処理するかだ。午前九時にガサがスタートということは、新聞お得意の「今日捜索」の記事は出せない。そんな記事が出れば、警察としては「捜査妨害だ」とクレームをつけざるを得ない。小千谷の農作業小屋が無人か有人かは分からないが、朝刊に「今日捜索」の記事が載れば、極左の連中もこちらの動きを察知して何らかの手を打つだろう。ガサをかけてみたらもぬけの殻、では洒落《しゃれ》にならない。

「腕の見せ所だな」

つぶやき、須山は再び席に着いた。あんたはまだ、死んでいないだろう。この辺で、昔の腕の冴えをもう一度見せてくれ。

年齢の近い人間が駄目になっていくのを見ると、自分も駄目になるような気がする。

5

島野にガサの一件を話した翌日の、夜九時。東京から遠いので締め切りが早い新潟支局の仕事は、この時間になると一段落する。若い警察回りの連中は夜回りに出かけ、デスクの島野やベテランの記者たちは、ゲラを囲んで最終チェックに余念がない。和泉は壁の時計を見て、校了時刻が過ぎたのを確認した。

支局長室から顔を突き出し、島野を呼ぶ。島野は一瞬嫌そうな表情を浮かべたが、のろのろと立ち上がって支局長室に入って来た。

「この前の件だが――」

「まだはっきりしませんね」和泉の言葉を途中で遮《さえぎ》り、島野が疲れた口調で言った。

「公安関係の取材は難しいですよ」

「警察回りの連中は、警備部にちゃんと食いこんでるのか」和泉は思わず突っこんだ。

「ですから、若い連中には、公安の取材は難関ですから」

「そうはいっても、重要なことだぞ。避けては通れない」

「分かりますが、あまり急《せ》かしても」

「若い連中に、ちょっと甘いんじゃないか」つい、厳しい口調になってしまう。

「そうかもしれませんが……」島野は明らかに不満そうだった。

「のんびりしている間に、他紙に書かれるかもしれないぞ」

「わかりました。ちょっとネジを巻いておきますよ。ま、明日以降ですね」島野は、この会話をさっさと打ち切りたくて仕方がないようだった。一礼してすぐに支局長室を出ていく。

島野の考えは甘い、と和泉は呆れた。地方支局の最大の仕事は、毎日三ページ印刷される地方版を作ることだが、重大な出来事があれば、本版へ売りこまねばならない。地方版の作業は午後九時に終わるとしても、本版の最終締め切りである午前一時過ぎまでは警戒を続けねばならないのだ。今日も一仕事終わり、と島野が考えているとしたら、地方支局のデスクとしては失格である。

とはいえ、若くしてデスクに抜擢《ばってき》されただけあって、島野の能力は高い。若い記者への取材指示、原稿の直しなど、基本的な仕事に関しては文句のつけようがなかった。特に文章のセンスがいい。島野が若い記者の原稿に手を入れると、わずかな時間で磨き上げられるのだ。筍《たけのこ》の皮を剝《む》くようだ、と和泉も舌を巻いたことがある。分厚い皮――余分な表現がついたままでは食べられないが、皮を剝けば、滋味《じみ》あふれる中身が姿を現す。

「食い足りない奴だな」

思わず独り言が口を衝いて出た。かといって、島野に懇々《こんこん》と説教をする気にもなれない。自分はもう……そういうことはいいのではないか。

電話が鳴る。こんな時間に誰だろう、と思いながら席につき、受話器を取り上げた。

「今から出てこられるかな」須山だった。

「いいですよ。場所は？」

「どこでもいい。呑むわけじゃない」

となると、シビアな話だ。場所も選ぶ。この時間に、市内で人に見られない場所というと……和泉は頭の中で、市内の地図を広げた。

「人目につかない場所だったら、海にでも行きますか」

「海？」怪訝《けげん》そうに須山が言った。

「雪が降る時期の海に、人はいませんよ。安全でしょう」

「……ああ」

「西海岸公園でどうですか。関屋《せきや》浜《はま》の近くの」

「分かるかね」

「何とかなるでしょう。あの辺には、駐車場が何ヵ所かあります。車は用意しておき新聞記者に会いにいくわけにはいくまい。

「一人で来られるんですか？」本部長には当然専用の公用車があるが、それに乗って

ますよ」

「そうだな……」

「ああ」

「では、三十分後ではどうですか」

「けっこうだ」

和泉はコートを着こみ、さらにマフラーと手袋で防寒した。今夜は雪こそ降っていないが、冷えこむ。道路は凍結しているかもしれない。支局長車は、当然スパイクタイヤを装着しているが、自分で運転することを考えると心配だった。

「ちょっと出てくる」島野に声をかける。

「これですか？」島野が口元に杯を持っていく真似をした。

「いや、ちょっと車を貸してもらうぞ」

「どうぞ……自分で運転するんですか？」

「ああ」

「鍵は――」

「分かってる」

普段は、雑務を一手に引き受けてくれる地元採用のベテラン支局員が、運転手も担当してくれている。自分で運転するのは久しぶりだったが、誰かを同行させるわけにはいかない。

ドアの近くに引っかけてある車のキーを手に取り、支局を出ていく。西海岸公園か……昔はよく出かけたが、今回赴任してきてからは一度も行っていない。道を覚えているかどうか、自信もなかった。

一階の駐車場で車に乗りこみ――雪国らしく、支局長車は4WDのパジェロだ――エンジンを暖機運転している間に、地図を確認する。学校町《がっこうちょう》通《どおり》の細々とした裏道を走っていくのが近道だが、迷いそうだ。一一六号線を西へ走り、途中で右折するのが一番分かりやすいだろう。新潟商業高校のある交差点から入っていくのが簡単そうだ。

しかし、そう簡単にはいかなかった。一番分かりやすい交差点は、この時間は右折禁止になっていたのである。結局大回りして、新潟高校の近くで右折し、細い道に入って行った。

路面は一部凍結しているが、そこはさすがパジェロである。4WDにスパイクタイヤは、雪国では最強の組み合わせだ。しかし、スパイクタイヤは、春先の粉塵《ふんじん》公害の元になる。近いうちに禁止されて、スタッドレスタイヤしか使えなくなる、という話を和泉は聞いていた。あれはどうにも頼りないのだが……。

少し走ると、すぐに西海岸公園にぶつかるが、道路の先に階段があるので、車で直接入っていけない。住宅地側からアプローチする時は徒歩しかないのだと思い出した。

しかし、西海岸公園の中央には、車が通れる道路が貫通している。また大回りして、ようやく公園の中を走る通りに車を乗り入れた。

公園とはいうものの、実際には防風林のようなものである。この公園の南側は、市内でも屈指の高級住宅地なのだ。そういう家を守るために植樹した――わけではないだろうが、何だかそんな気にもなってくる。海風が強い新潟市では、家や車の傷みが早いと、昔から言われていた。

車はまったく通らない。歩道にはまだ雪が残っている。暗くてよくは見えない――街灯もほとんどない――が、木々も雪で白くなっているだろう。それが、密会場所としてはいかにも適している。

当該の駐車場に車を乗り入れる。除雪されておらず、タイヤが雪を踏んで少し滑った。他の車は一台もなし……須山よりも早く着いたので、ほっとした。まさか、県警本部長をこんなところで一人立たせて、凍えさせるわけにはいかない。

サイドブレーキを引き、ドアを押し開ける。途端に、湿った冷たい空気に襲われた。雪が降っていなくとも、周りに雪が積もっているだけで、急に空気は湿り気を帯びる。和泉はこの空気感が大嫌いだった——二十数年前も、今も。

煙草に火を点ける。一服したところで、右側からやってくる車のヘッドライトに気づいた。あれか……タクシーだと確認できたので、慌てて煙草を地面に放り捨て、ドアを閉めて顔を伏せる。タクシーの運転手にも顔を見られないほうがいい。

タクシーが去った気配を察し、ようやく顔を上げる。それと、助手席のドアが開くのが同時だった。ちらりと横を見ると、須山は分厚いウールのコート姿である。ネクタイはしていないようだ。仕事用のスーツ姿からネクタイを外しただけ……この人は、休日にはどんな服装をしているのだろう。二十年以上の付き合いになるのに、須山の家以外では「私服」を見たことが一度もないと気づいた。

「どうも」須山が軽く挨拶した。

「こんな時間になんですか」

「明日の朝、ガサが入る」

須山があっさり言ったので、和泉は思わず背筋を伸ばした。

「場所は？」

「小千谷市内だ。正確な住所は私も知らない」

「小千谷？」まさか、と思う。長岡《ながおか》市に隣接する豪雪地帯で、錦鯉《にしきごい》の名産地としても知られるあの街に、極左のアジトがあるとは。

「関越道沿いの、水田地帯にある農作業小屋だ。張っていればすぐに分かるだろう」

「そこは……何なんですか？　単なるアジトではないですよね」

「武器庫らしい」

「武器庫」低い声で繰り返す。「武器」という言葉が、和泉を激しく刺激した。極左の連中が使う武器といえば、ゲバ棒から火炎瓶、ロケット弾まで幅広い。しかし和泉は、赤軍派の「M作戦」を思い出していた。あの時使われた武器は刃物などだったが、銃でもあったら……。「中身は何なんですか」

「それは、ガサをかけてみないと分からない」

「大掛かりなガサになるんですか」

「警視庁は、念のために機動隊の一個小隊を出すそうだ」

和泉は唾を呑んだ。機動隊が、ガサでも「念のために」と出動するのは珍しくないが、田舎で小競り合いでも始まったら大騒ぎになるだろう。

「書くか」

「まずいんじゃないですか」

「朝刊で書いたら、連中にばれると思うか」

「そもそも、まだ記事にできるほどの細かい材料がありませんよ」

「あなたなら、すぐに裏が取れるだろう。警視庁にも警察庁にも、まだネタ元がいるんじゃないか」

「それは否定も肯定もしませんけど……」

実際には、電話一本で情報が取れる人間は今はいない。そういうネタ元とは、現場を離れてから、自然に切れてしまった。極左の中に情報源を持っていたこともあるが、これも今では完全に切れている。逃亡して地下に潜伏したり、逮捕されて実刑判決を受けたり……だいたい、極左内部の情報源について、和泉はあまり重視していなかった。信用できない情報も多かったし、向こうもそもそもマスコミを信用していない。極左の言い分を取り上げて、連中を利するのも気が進まなかった。

結局、公安事件のネタは警察から取るしかないのだ。

「須山さんが全部教えてくれれば、すぐにでも書けるんですけど」

「裏も取らずに？」

「須山さんからもらったネタで、外れは一度もないですよ」

「裏を取る」は取材の基本だ。どんなに信用できるネタ元から話を聞いても、かならずさらに複数の関係者に情報を確認する。一人から聞いただけだと、勘違いや思いこみもあるからだ。しかし和泉はこれまで、須山から聞いた話だけで記事にしたことが何度かあった。須山を完全に信用していたからだ。

「今は立場上、あまり情報を詳しく知ることはないが」

「県警はやはり、置いてけぼりなんですか」

「主体は警視庁だから」

ちらりと横を見ると、須山の顎は強張っていた。こういう時、キャリアの連中はどう考え、どう感じるのだろう。採用から定年まで同じ県警で過ごすノンキャリアなら、「自分たちの頭ごしに勝手なことを」と頭に血を昇らせるだろう。しかしキャリアの場合は、そういうわけにもいくまい。どこかの県警、あるいは警察庁と喧嘩《けんか》でもしたら、異動でそこへ赴任する時に、感情的なしこりが残るからだ。全方位外交でいかないと、後々禍根《かこん》を残す。

「私からは、これ以上は言えないな」

「そこを何とか……もう少し」

「今のところ、他社はまったく知らない。もう少し情報が出たら、書くのか」

「それは……」和泉は唇を噛んだ。「今日捜索」の原稿を出すかどうかは微妙なところである。単純に捜査妨害であるし、いざガサをかけてみたら何も出てこなかった、ということもあり得る。「もう少し後ろのチャンスにかけた方がいいと思います」

「ガサの結果を見る訳か」

「ええ」

「その情報は、県警からは出てこないぞ」

「須山さんから個人的に出てくるんじゃないですか」

「あまり頼られても困る……車を出してくれないか？　大通りまで行ってくれれば、後はタクシーを拾う」

「官舎のすぐ近くまで行きますよ」

「あなたは、そういう危険は冒さない人だと思っていたが」

「失礼しました」

　和泉はパジェロのクラッチを踏み、慎重につないだ。車をゆっくり走らせながら、何とか須山からもう少し情報を引き出そうとする。しかし和泉が何を言っても、須山は気のない返事しかしなかった。

　一一六号線まで出て、須山を下ろす。むやみにアクセルを踏みこまないように気をつけたのだが、歩道に佇《たたず》む須山の姿はすぐに小さくなった。

　それでも彼のきつい視線は、いつまでもまとわりついてくるようだった。

6

　和泉は、できるだけの手を打った。警視庁の昔の知り合いに電話を突っこみ、何とかネタを確認しようとする。しかし芳しくない……数年ぶりに話をする相手もいて、素っ気ない返事しか返ってこなかった。

現地で何とかするしかない。朝刊で「今日にも捜索」の記事を出すことも考えたが、須山が「他社はまったく知らない」と言っていたので、無理せず見送った。帰ろうとしていた島野を引き止め、現地へ記者を派遣するよう指示する。勝負は明日の夕刊。「張っていれば分かる」と須山が言っていたので、それに賭けることにした。島野は面倒臭そうにしていたが、それでも指示には従った。大きい記事になるかもしれないのだから、この指示には逆らえまい。

後は現地からの報告を待つだけ……あたり一面雪景色の水田地帯では、白とブルーに塗り分けられた機動隊の車両は目立つからすぐに分かるだろうが、情報が取れるかどうかは別問題だ。警視庁は県警には正規の報告を入れないだろうから、支局では情報の取りようがない。

本社に相談してみるか。大がかりなガサ、それも「武器庫」が対象なら、社会部も乗ってくるだろう。和泉から情報が出てきたと知ったら少し引くかもしれないが、この際、ネタの出所など関係ない。結果として記事になればいいのだ。

しかし、しばし考えた末、和泉は社会部に頼る手を諦めた。ここは自分たちで何とかしたい。本社でなくても特ダネを取れると証明してやりたかった。

午前八時。早めに上の支局長住宅から支局に下りると、宿直の記者が電話で話していた。和泉の顔を見るとさっと頭を下げ、送話口を手で押さえて「ガサが始まったようです」と告げる。

よし……予定よりは少し早いようだが、ここまでは須山の教えてくれた通り。和泉は支局長室には入らず、島野の机の隣にある自分の席についた。そこで各紙の朝刊をチェックする。こういうネタは、地元紙ではなく全国紙を警戒しなければならない。地元ネタでは絶対の強さを誇る地元紙でも、警視庁が主導してやっている捜査では手も足も出ないだろう。まだ何も知らないと考えておいていい。

他紙も一切、この情報には触れていなかった。できれば、夕刊最終版勝負にしたい。それならテレビ局は今日の夕方のニュース、新聞各紙は朝刊まで追いかけられない。ほっとして、宿直の記者に訊ねる。

「写真は押さえたのか？」

「大丈夫です。ロングですけど、機動隊の車が農作業小屋の前に停まっている写真が撮れたそうです」

「それならいい」ガサ開始、の証拠の写真になる。「他社は？」

「見かけてないそうです」

「今、電話はつながってるか？」自分で直接状況を確かめたかった。

「切れました」

今後は、現場の記者に任せるしかないわけか。公衆電話が近くにありそうな場所ではないし、無線も届かない。二人で張り込みさせたから、一人が現場を見張っている間に、もう一人が公衆電話のある場所まで走るしかないだろう。あるいは、近所の民家に電話を借りに行くか。

上手くやってくれよ、と和泉は祈るような気持ちだった。

九時過ぎに、いつもより少し早めに島野が出勤してくる。現場からは随時連絡が入ったが、まだ記事にできる材料はなかった。ガサに入ったのは間違いないようだが、あまり近づくと排除されてしまうから、正確に確認しようもないはずだ。

「県警はノータッチなのか？」和泉は島野に疑問を振った。

「県警に詰めてる連中の話では、手は貸していないそうです。警視庁は、道案内も必要ないんですかね」

「恐らく、何度も偵察してるだろうな」立ったまま腕組みをして、和泉は唸《うな》るように言った。警視庁の連中に抜かりがあるわけがない。いろいろ問題はあるが、奴らの捜査能力は天下一品だ。今まで積み上げてきた情報量もある。こと公安事件に関しては、他県警とは比べ物にならないほど「強い」のだ。

壁の時計を見上げる。次いで自分の腕時計を確認した。夕刊早版の締め切りまで、一時間ほど。それまでに原稿を突っこめるかどうか……現場の様子がはっきりと分からないのが痛い。報告では、平屋の小さな農作業小屋――農家の敷地内で、母屋と別にある離れのような造りだという。それほど大きくないとすると、ガサには逆に時間がかかるかもしれない。大人数で入れないので、数人で徹底して捜すことになるからだ。公安事件ではなく、詐欺や汚職の事件などでは、ガサ入れが十数時間に及ぶことも珍しくない……。

ファクスが音を立てる。電話が鳴る。そんな日常茶飯事の動きにも、和泉はいちいちびくりと反応した。しかし実際には、何も起きない。だらだらと時間が過ぎ、昼になってしまった。早版締め切りは過ぎてしまい、勝負は夕刊の遅版になった。それでももう、時間がない。

「ポケベルで呼び出せ」和泉は島野に命じた。「原稿を出せるか出せないか、確認してくれ」

島野が電話に手を伸ばした瞬間、その隣にある本社との専用線の電話が鳴った。島野は迷わず、受話器を摑み上げる。

「はい、新潟支局――はい？　え？　……ＮＨＫが？」

島野が嫌そうな表情を作って和泉を見た。和泉は慌ててテレビに視線を投げた。クソ、イライラしていて、昼のニュースを見逃していた。島野が、相手の話を復唱しながら続ける。

「警視庁が、極左の武器アジトにガサ……はい、圧力釜爆弾の材料を大量に発見？百個分？」

和泉は顔から血の気が引くのを感じた。大量の圧力釜や火薬。これから爆弾に加工しなければならないとしても、十分な衝撃を持つニュースだ。

ずっと立ったままだった和泉は、椅子にへたへたと座りこんだ。

これだけのネタ、他社も追っていないわけがない。

7

先日の料亭で、また和泉と二人きり。須山としてはどう切り出していいか判断できず、会話はずれて彷徨《さまよ》い続けていた。和泉は不機嫌で、先ほどから煙草をふかし続けている。この部屋に入って二十分ほどで、もう灰皿には五本の吸殻が溜まっていた。

「そろそろ禁煙した方がいいんじゃないか。年も年なんだし」思わず口を出してしまった。

「まあ、それは……」不機嫌に言って、和泉が煙草を灰皿に押しつける。

「で？　何で書かなかった」

「決定的な情報がなかったからですよ」

「NHKも追っていたとはね」

「須山さんは知らなかったんですか？」NHKは昼のニュースでは現場映像を使わず、地図を映し出しただけだった。事前に知って追いかけていたわけではなく、警視庁詰めの記者が、ガサの結果を知っていち早く記事を流したのだろう。ゆえに、昼のニュースにはガサの映像は間に合わなかったのだ。

「情報の出所は私ではない……残念だ」

須山ははっきりと言い切った。和泉がはっと顔を上げる。

「あなたなら、今回の件も記事にしてくれると思っていた」

「支局長になると、自分から進んで取材もできませんよ」

「あなたはどうして、ラインから外れたんだ」

ずばり聞くと、和泉の頬がぴくぴくと痙攣《けいれん》した。痛いところを突いているのは分かっている。

「二十年以上も前だが……私はあなたを買っていたんだ。こういう言い方が失礼なら、あなたとは気が合ったし、信頼できる数少ない――唯一の記者だとも思っていた。だからあれだけ何度も、情報提供した」

「そんなことをはっきりおっしゃるのは初めてですね」

「言う必要もなかったから」須山はうなずいた。「あなたがいい記事を書くことで、私にもメリットがあった」

「観測気球ですか？　自分の手柄をＰＲできるから？」

「その辺は、今さら何も言わない……ただ私は、あなたは最後まで記者でいてくれるものと思っていた。だからネタを流し続けたんだ。いい記事を書けばそれだけ評価が上がって、自分の好きな仕事ができるだろう。だが残念なことに、あなたはそのラインを外れていた」

「誰かが管理職にならないといけませんからね」和泉が皮肉っぽく言った。

「その『誰か』があなたである必要はないだろう」

和泉が黙りこむ。一番嫌な思いをしているのは本人だろうが、それが筋違いだということは、須山には分かっていた。

須山には、和泉以外にも東日社内に知り合いの記者がいる。和泉よりももっと上の立場の人間もいた。そういう筋からの情報を総合すると、和泉は結局「努力しなかった」。公安ネタでは何度も特ダネを飛ばしているものの、それは全て須山からの情報提供によるものだったのだ。つまり、須山が唯一のネタ元。目の前に新鮮な材料を出されれば、どんなに下手な料理人でも、それなりに美味い料理は作れる。しかし彼は、自分から材料を取りにいくことはなかった。しかも、社内で上手く立ち回ることもできなかった。

既に記者職から外れて十年。それでもまだチャンスはあるはずだ、と須山は踏んだ。これも東日の情報源から聞いたことだが、支局長を経験してからも論説委員や解説委員に転身することはできる、という。何かきっかけがあれば――そして記者の場合、そのきっかけはいつでも一本の記事なのだ。

やる気を示し、結果さえ出してくれていれば。

「長いつき合いだったな」

和泉がはっと顔を上げる。「これで終わり、みたいなことを言わないで下さいよ」とすがるように言った。

「いや、実際、間もなく終わりなんだ」

「どういうことですか」

「私は、次の異動のタイミングで辞める。正確には、あと一年もしないうちに辞表を出すことになるだろう」

「どうしてですか」和泉が身を乗り出す。

「あなたは、我々のような立場の人間の身の振り方について、よく知っているだろう。私にはもう、上がり目がない。トップは目指せないんだ」

警察官僚の場合、同期ではトップ――警察庁長官か警視総監――に登り詰める人間は一人いるかいないかだ。人事の動向を見ていれば、自分がそのレースに乗っているかどうかはすぐに分かる。そして須山の場合、そこから完全に脱落していた。

「後進に道を譲《ゆず》るタイミングに来ているんだよ。私もこの先、二つ三つのポジションを経験するぐらいの年齢ではある。しかし、トップに立てないと分かったら身を引いて、後輩に道を譲るのが警察官僚の流儀だ」その先は天下り——トラブルがなければ民間企業への再就職が待っている。天下りについて批判が多いのは分かっているが、これは何十年も続いてきた習慣に過ぎない。まだまだ働ける年齢なのだから、これから新天地を目指すのは当然だ。既にその準備も進めている。

「ここで終わりなんですか」

「ああ……私はね。でも、あなたには終わって欲しくなかった」

「私は……もう駄目でしょう」自嘲気味に和泉が言った。

「初めて会った時、我々はそれぞれの世界で主流派ではなかった」

うなずいて和泉が認める。警察官僚の世界、マスコミの世界それぞれで、トップを目指せる「主流」の人間はいる。出身大学などの条件が複雑に絡み合っているのだが、二人が「傍流」なのは間違いなかった。それゆえ、二人とも燃えていた。入った時は傍流でも、実績を残せば主流になれる。とにかく、「いい仕事」をするのが大事なのだ。

「あの頃、将来はどうするか、よく話したな」

「他のキャリアの人と話したことはありませんよ。須山さんだけは率直だった」

「あなたは、大学の後輩でもあるから……とにかく昔は、二人とも野心に燃えていたと思う。そういう時代だったしな。とりあえず楽しく仕事ができればいいという、最近の『新人類』とやらとはまったく違う」

「実際、若い記者には手を焼きますよ」和泉が苦笑した。

「しかし、我々の夢や野望は潰《つい》えた。違うか？　少なくとも私は、これでお終いだ。新潟県警本部長を最後に退職する……あなたには、もう一花咲かせて欲しかった。これは、私があなたに与えられる最後のチャンスだったんだ」

「私はそれを活かせなかったわけですか……」和泉の言葉が宙に消える。

「もう一花、咲かせて欲しかった。変な話だが、私の代わりに……」

「それは確かに、変な話です」

「職種が違う。住む世界が違う……しかし、志を同じくする人間はいると思う。私は、あなたがそういう人だと思っていた」

唇を噛み、和泉がうつむく。

「我々は、国益や正義のためだけに動いているわけではない。個人的な動機があるのも当然だ。あなたには、その部分にもっと情熱を持って欲しかった」

「今からでも――」和泉が顔を上げ、唐突に言った。「あなたに他にどんな情報源がいるか知らないが、とにかく私はいなくなる」

「私はいなくなる」須山は首を横に振った。

これから和泉が、だらだらと残りのサラリーマン生活を送るのか、一念発起してやり直すかは、まったく読めない。

一つだけはっきりしているのは、自分はそれを見届けることはできないだろう、ということだった。二十年以上に及ぶつき合いは、間もなく自然消滅する。ネタ元と記者の関係は、永遠には続かない――定年ではなく、信頼が消えた時点で終わる。

1996年

「ネタ元を特定しろ」
冗談だろう？

1

よし、久々にいい朝だ。
午前六時半、東日新聞社会部の桑名《くわな》義昭《よしあき》は、満足して新聞を丁寧《ていねい》に畳み、自宅のダイニングテーブルに置いた。一面の左肩に載った特ダネは、光を放っているようだった。

石狩第一トンネル事故　浸透水で亀裂拡大か

死傷者25人が出た北海道石狩町《いしかりちょう》のトンネル崩落事故で、建設省は現地調査の結果、岩盤の亀裂に浸透した水が凍りつき、亀裂が膨張して崩落した可能性があると結論づけた。今年の寒波の影響で、例年より深いところまで凍結が進んだ結果、一気に崩落につながったと見て、さらに原因を調べている。今後は、全国の同様の構造のトンネルの調査を進め、再発防止に全力を注ぐ。

あの事故がもう、一ヵ月前か……今年の北海道は、とにかくついていない。十五人が死亡した石狩第一トンネル事故の二週間前には、豊浜《とよはま》トンネルで二十人が亡くなる崩落事故が起きたばかり。周辺の交通網は寸断され、道路を管轄する建設省などに対する批判も高まっていた。

こういう大規模事故——半ば自然災害だ——に関しては、原因究明は遅れがちである。現場が広範囲に及んでいる上に、役所というのはとにかく、早急には結論を出したがらないものだから。できるだけ先延ばしにして、まずは批判が薄れるのを待つ。実際、世間の人は忘れやすいもので、この作戦はいつでも効果的だ。

各紙をチェックし終え、ダイニングテーブルについてテレビを点ける。ＮＨＫはさすがに抜け目なく、桑名の特ダネを追いかけていた。朝刊を確認してから建設省の然《しか》るべき幹部に電話を突っこめば、裏は取れるはずだ。自分だって、抜かれたらそうする。

「ご機嫌ね」

妻のみすずが起き出して来た。同じ東日の、文化部の記者であるみすずは、基本的に朝はそれほど早くない。八時前に起き出すのは、よほど早い時間に取材のアポがある時だけだ。

「いいネタだろう」桑名は彼女の方に新聞を押しやった。みすずは立ったまま一面に目を通し始める。

「会社から一歩も出ないでこういうネタが手に入るんだから、時代は変わったわね」

「実際、そういう時代なんだよ」

「北海道ぐらい、行けばよかったのに」みすずが新聞を丁寧に畳み、キッチンへ向かった。コーヒーの準備を始める。

「土産を期待してたなら、筋違いだぜ」

「でも、行けば買ってきたでしょう」

「まあね」桑名は苦笑した。三十代後半になっても子どもがいない、新聞記者同士の夫婦。社会部遊軍の桑名も文化部記者のみすずも出張が多く、いつの間にか、現地のキーホルダーを土産に買って帰るのが暗黙の了解になっていた。どこかに飾るわけでもなく、寝室の空箱に放りこんであるだけだが。

「今の時期の北海道へは行きたくないな。寒いの、苦手だから」

「年のせいじゃないの？」キッチンからみすずがからかう。

「まさか。まだ四十前だぜ」

「でもあなた、最近『足を使ってネタを取るなんて時代遅れだ』って言ってるでしょう。年をとって歩くのも面倒になってきたから、そんなこと言ってるんじゃないの？」

「足を使わなくてもネタは取れる——それは事実だからね」桑名は立ち上がった。

「今さら、頭を下げて特定のネタ元を作って……なんてやってられないよ。これからは、一般から広くネタを集める時代だ」

「まあ、いいけどね……」みすずの口調は歯切れが悪かった。

桑名はキッチンに入った。買ったばかりの２ＬＤＫのマンション。二人暮らしの前提で購入したので、全体にこぢんまりとしている。キッチンぐらいは、もっと広くてもよかったな、と思う。大きな冷蔵庫に圧迫されて、身動きが取れない感じなのだ。コーヒーメーカーが、朝一番のコーヒーを吐き出し始める。狭いキッチンに、かぐわしい香りが漂った。

「私には、一般から広くネタを集める、なんて考えられないけどね」みすずは妙にしつこかった。

「そりゃそうだ。君の取材相手は作家さんなんだから。一点集中みたいなものじゃないか」

これが文化部の特殊性だ。一度担当する分野が決まると、よほどの事情がない限りずっとその取材を続けるのが習わしだ。三十代の初めに文芸担当になったみすずも、担当替えになる気配はまったくない。取材する相手が次々に替わる――一期一会《いちごいちえ》も珍しくない――社会部などと違い、同じ相手と長くつき合う。文芸担当のみすずの場合、作家のデビューから、下手をするとフェードアウトまで見守る感じだろう。

まあ、記者もいろいろだよな、と思う。世の中のあらゆる出来事を取材対象にするわけで、彼女には彼女の仕事がある。それは自分も同様だ。互いの仕事に対して、マイナスの批評は言わない――子どものいない夫婦が上手くやっていくには、そういう気遣いも大事だと思う。

それにしてもこの記事に関して、彼女の反応が薄いのが気になる。いい記事を書いた時は率直に褒めるのが、夫婦の間の無言の決まりになっているのに。

何だか冷たい。何かが引っかかっているようなのだが、それが何かを確かめる勇気は桑名にはなかった。元々みすずは気を遣うタイプで、桑名だけではなく、誰かに向かって露骨に文句を言ったり批判をぶちまけたりすることはない。不満がある時は黙りこんでしまうのだ。気になるなら、自分で察してよ……とでも言いたげな雰囲気。特ダネを書いた昂揚感《こうようかん》は、あっという間に萎《しぼ》んでしまった。一番身近な読者を摑《つか》めなかったのは痛い。

2

今日は夕刊の当番なので、桑名は八時半に出社した。記者というと、朝も夜も遅いイメージがあるが、正確には「朝早く夜遅い」。夕刊作りの作業は早朝から始まるし、朝刊の最終版を送り出すのは午前一時過ぎ……社会部遊軍は、紙面作りを担当するデスクのサポートに入る仕事があり、ローテーションで「早番」「遅番」の担当が回ってくる。この「早番」は特に忌《い》み嫌われている……それはそうだろう。誰だって、朝の満員電車には乗りたくない。

桑名が通勤に使う路線は、朝のラッシュでは都内でも一、二を争う激しさだと言われている。本社の社会部へ来て、警察回りからいくつかの省庁担当を経て遊軍になって五年、未だに早番勤務は苦痛でしかない。最悪なのは、夕刊作成の時間帯で大きな事件が発生し、そのまま翌日の朝刊作りまで延々と担当しなければならない時だ……幸い今日は平穏な朝だったが。むしろ他紙が、桑名の書いたネタを追いかけるために必死になっているだろう。

一面を飾る特ダネを書いても、同僚から祝福を受けることはない。これが東日だけの伝統なのかどうか、桑名は知らなかったが、皆淡々としたものだ。書いたのが同期だったりすると、記事に触れることすらない。もしかしたら単に、嫉妬《しっと》深い人間の集団なのかもしれない。

自分のロッカーにバッグを入れ、社内の売店で買ってきたコーヒー片手に席についても、一面の記事は特に話題にもならなかった。まあ、いつも通りだ、と密かに苦笑する。

夕刊用の原稿が殺到するのはもう少し先の時間なので、泊まり明けの記者も早番の遊軍記者も、のんびりと新聞を読んでいる。桑名も朝、各紙にひと通り目は通していたのだが、改めて新聞を隅まで読み始めた。抜かれていなければこんなもの……気楽な早番になりそうだ。

日本新報を広げた途端、夕刊担当のデスク、三浦《みうら》から声をかけられた。

「桑名、今日の一件の続報はなしか？」

「ないです」ゆっくり振り返り、桑名は答えた。「現地から何か出るかもしれませんけど、こっちからはありません。一応、建設省担当には確認しておきますよ」

「分かった」

あっさりしたものだ。何の感慨もない。三浦にすれば、原稿が出るか出ないかが確認できればそれでいいのだ。紙面作りの担当デスクは、とかく早めに予定を把握《はあく》したがるもので、こういう会話も毎日のように交わされる。

念のため、桑名は建設省を担当する記者、本郷《ほんごう》のポケットベルを鳴らした。朝から鳴らされると鬱陶しがる奴が多いんだよな……と思ったが、原稿があるかどうかはやはり確認しておかなければならない。それにこの件に関しては、本郷も裏取りに走ってくれたのだから、当事者意識を持ってもらわなければ。

一分後、遊軍席の電話が鳴り、桑名は素早く受話器を取り上げた。本郷だった。声が聞き取りにくい……背後がざわついているのは、駅のホームにでもいるからだろう。

「ああ、鳴らしたのは俺だ」

「どうも」本郷の声は素っ気なかった。車内でポケベルが鳴り出して、慌てて電車を降りたのかもしれない。

「続報、何か出そうか？」

「いや、ないです。この件は、正式に確定するまで発表はないと思いますよ」

「その発表は、今日はないな？」

「ないです。朝イチで確認しました」

とはいっても、状況はころころ変わる。すっぱ抜かれた記者が、取材相手に対して「早く発表しろ」と急かすこともままあり、それを受けて急遽《きゅうきょ》記者会見やレクが開かれるのも珍しくない。

「分かった。続報は出ないとデスクには言ってあるけど、何かあったら連絡してくれ」

「分かりました」

再び素っ気なく言って本郷は電話を切ってしまった。まあ……あまりいい気分じゃないよな、と桑名は苦笑した。

今回のトンネル崩落事故取材の主役は、まず何と言っても北海道支社である。現場の石狩第一トンネルは、支社のある札幌《さっぽろ》市からもすぐ近くなので、最初から現地の記者総動員での取材が始まっていた。その後も、道警担当記者が中心になって取材を進めていただろう。時折社会面に記事が載ったが、ローカル面の道内版にはもっと多くの記事が掲載されたはずだ。豊浜トンネルで同様の事故が起きてからわずか二週間後の事故であり、地元の記者としては張り切らざるを得なかっただろう。

一方本社サイドでは、建設省の本郷、それに警察庁の担当記者が原因を取材してきた。特に警察庁……地元の北海道警では情報をシャットアウトしていても、報告を受ける警察庁の方が「口が緩い」ので、重要な情報が漏れてくることもままあった。今回は、警察庁担当はろくな仕事をしてこなかったのだが……。

本来、遊軍の桑名にはまったく関係ない事故だったのだ。本郷がむっとするのも当然だと思う。この一件をまったく担当していなかった桑名がネタを摑み、一面の特ダネが一本できてしまったのだから。記者同士の関係に「軋《きし》み」が生じてもおかしくないが、桑名自身はそういうことは気にならなかった。誰がネタを摑んでも、記事になればいいではないか。逆の立場だったら、自分は感情抜きで仕事をこなす。

桑名は、ノートパソコンの電源を入れた。遊軍連中が集まる席に載っているのは、原稿執筆用のワープロ専用機。しかし桑名は、自前のノートパソコンを持ちこんで原稿を書いていた。ワープロでも問題はないのだが、八〇年代からパソコンを使い続けてきた桑名にすれば、パソコンの方が断然使い勝手がいい。使いやすい道具を使った方が、ストレスなく原稿を書けるし、自分のホームページを運営していくためにも、ワープロではなくパソコンの方が都合がよかった。インターネット対応のワープロ専用機もあるが、あれはどうにも使いにくい。

今日の記事は、できるだけ早くアップしたい。夕刊作業が一段落したら準備を始めよう、と決めた。

桑名が初めてパソコンを手にしたのは、富山《とやま》支局から本社へ上がってきた一九八六年だった。コンピューターメーカーに勤務している大学時代の同期の友人と久しぶりに会って、勧められたのがきっかけである。

使い始めてみると、さすがに汎用性《はんようせい》が高い……桑名は表計算ソフトを使って家計簿をつけ、ワープロソフトで日記を書き始めた。それ以上にはまったのが、黎明期《れいめいき》を迎えたばかりのパソコン通信である。見知らぬ人たちとの意外な出会い——小さな画面が、突然世界への入り口になったように感じたものだ。

あれから十年、最近は自分でホームページを作って運営する面白さにはまっている。パソコン通信は、会費を払って参加する人たちだけのための、クローズドな世界なのに対して、自由なインターネットは世界に開かれている。自分が書いた文章をありとあらゆる人が読むのだと思うと、妙に興奮した。何百万人の人が購読する新聞に記事を書いているのとは、また違う感覚である。より開かれた、とでも言おうか……もちろん、国内でのインターネットの個人普及率はまだ人口の一割にも満たないはずで、限られた人たちしか見ていないわけだが、まったく見知らぬ人から自分が書いた記事の感想を貰うのは、新鮮な経験だった。

ホームページを作ることで、自分は記者として新しい一歩を踏み出した……。

新聞記者で、自分でホームページを持っている人間も少ないだろうな、と桑名は少しだけ胸を張った。何しろ会社のホームページが立ち上がるよりも早かったぐらいだし、他社の記者で自らホームページを運営している人間も知らない。これからは、こういうことをきちんとやっていかないと駄目なんだよな。紙面だけではなく、ネットでも情報発信できないと。その方がずっと速いわけだし……それに記者にだって、自分の個人的な意見を発信する権利はあるはずだ。解説などには多少個人の考えが入ることもあるが、字数制限などのないネットならば、もっとはっきりと自分の考えを表明できる。桑名にとってホームページは、新聞を「補完」し、進歩させる手段なのだ。

もちろん、桑名のホームページは、そんなに大がかりではない。勉強して、自己流で作ったものだから、そんなに派手でもない——日記のようなものだ。様々な出来事に対して短い論評を書いたり、自分の記事をアップしたり。楽しみなのは、読んだ人から届くメールである。

ホームページを開設し、メールアドレスを公開してみると、時に「お褒めの言葉」をいただくことがある。記事に対する批評も深く適切で、やはりインターネットを利用するような人は意識が高いのだな、と実感する毎日だった。メールをくれる人たちの正体はわからないが、おそらく大学など研究機関の関係者が多いのだろう。去年、ウィンドウズ95が発売になって、多くの人がインターネットを使うようになったものの、まだまだ広く普及しているとは言えない。利用しているのは、やはり技術的なことに興味がある人ぐらいだろう。

新聞作りに関わっていても、読者の反応は直接は分からない。時に、社会部に直に電話をしてくる読者もいるが、そういう人は大抵酔っ払いだ。あるいは文句を言ってやろうと喧嘩腰《けんかごし》になっている。冷静に、記事の内容について話し合おうとする読者など、まずいない。

やはり便利……社内では、まだその便利さに気づかない人が多いのが残念でならない。親しい人間には事あるごとにインターネットの利便性を売りこんでいるのだが、まるで聞く耳を持ってもらえなかった。システム部の連中と一緒になって、「頭が硬い連中ばかりだよな」と文句を言うことも多かった。

「桑名」

声をかけられ振り向くと、社会部長の安永《やすなが》が手招きしていた。慌てて立ち上がると、安永がうなずいて、もう一度手招きする。桑名は、彼の席まで行って、小さな丸椅子を引いて座った。横には今日の当番デスク・三浦がいるので、何だか話しにくい雰囲気である。

「今日の一面のネタ、お前だな」

「ええ」

「何でお前が、こんなネタを引っかけてきたんだ?」

桑名は身構えた。部長が一本一本の記事について口を出すことなど、あまりない。何か問題でもあったのか……いや、この件は、原稿を出す時にデスクには説明してある。それが安永の耳には入っていなかったのだろう。

「実は、インターネットなんです」

「インターネット？」

安永が首を傾げる。分からないだろうな、と桑名は思わず苦笑しそうになった。今年五十歳になる安永は、現場の記者時代はずっと手書きの原稿に慣れ親しんだタイプである。全社的にワープロが導入された十年前にはもうデスクになっていたのだが、その扱いにひと苦労した、と聞いたことがあった。ボールペンからキーボードへの転換は、彼のように昔気質の記者にとって大変なパラダイムシフトだったに違いない。ましてやパソコンやインターネットとなれば、まったく未知の世界だろう。

桑名は状況を説明した。まず、自分が開設しているホームページとメールについて話さなければならなかったが……一応、全社員にメールアドレスは配付されているものの、安永は普段メールを使うことなどないのだろう。実際、システム部の連中は、社員のメール利用率は五パーセントにも満たない、と文句を零《こぼ》していた。支給されているワープロを使う「ワープロ通信」では、メールもやりにくく、やはりパソコンの方が使い勝手はいい。

桑名は二つのメールアドレスを使い分けている。名刺に印刷してあるのは、会社の公式なものだ。一方ホームページでは、プロバイダーから取得したプライベートなアドレスを使っている。

「つまりお前は、このネタ元が誰か、知らないんだな?」

「メールでのやり取りは頻繁にしていますよ」桑名はすぐに反論した。

「話したことは?」冷たい口調で安永が訊《たず》ねる。

「話は——それはないですけど」

「kinka@ijv.mail.co.jp」というメールアドレス、それに本人が名乗る「キンカ」という名前だけしか分かっていない。「ijv」は大手のプロバイダーの名前だが、それ以上の情報は現段階では何もなかった。

安永は、隣に座る筆頭デスクの諸田《もろた》に目配せをした。何とも嫌な感じだ。ローテーション勤務に入らず、部内の人事や予算の処理にだけ携わる諸田は、陰で「タヌキ」と呼ばれている。どうにも信用ならない——気にくわない人間は、平気で閑職に追いやってしまうような男なのだ。

「桑名、これが新しい時代なのかもしれないが、あまりよろしくないな」

「何がですか」安永が言っていることの意味が分からず、桑名は思わず聞き返した。

「新聞記者は、相手の顔を見て取材するもんだ。正体が分からない相手から取材するのが記者として正しいかどうか……俺はどうかと思うね」

「いや、でも、今回のネタは正確でしたよ」

「相手は何者だと思う？」

「それは――」桑名なりに想像していることはあった。だがそれを口に出すのは憚《はばか》られる。ネタ元を守るのは記者の基本中の基本で、できれば社内でも明かしたくない。しかし今回は、この原則は通用しそうにない。そもそも相手が誰かも分かっていないのだから。

「インサイダーだろう」安永がずばり指摘した。「この段階で調査の詳細について知っている人間は限られている。建設省か警察庁……そのどちらかじゃないか」

「そうかもしれません」

「よし。ネタ元を特定しろ」

「え？」桑名は思わず顔を上げた。「そんなことする必要がありますか？　ネタは正確だったんですから、何もネタ元について調べなくても……」

「相手が何者か分からない以上、常にリスクがつきまとうだろう。今回の一件で、お前は相手を信用した。相手にすれば、それが撒き餌《まえ》かもしれない」

「まさか」桑名はすかさず否定した。「何のためにそんなことを？」

「そんなことは知らん」安永が急に不機嫌になった。「ただ、何らかの方法で、新聞社に被害を与えようと考える人間がいてもおかしくはないぞ」

「そんなこと、考えられません」

「お前の考えなんか、どうでもいいんだよ」急に諸田が口を挟んでくる。「名前も顔も知らない相手からネタを貰う――インターネットだか何だか知らないけど、記者の基本からは外れているだろ」

「……特定してどうするんですか」桑名は諸田を無視し、安永に訊ねた。

「特定して、信頼できる人間だと判断できればそれでいい。そうでなかったら、関係は切るべきだ」

「しかし、そう簡単には分かりませんよ」

「どうして」

「本人に聞いても、何も言わないと思います。匿名《とくめい》でもやり取りできるのが、ネットのメリットですから。プロバイダー……管理者に確認しても、プライバシーの保護を理由に情報開示は断られるでしょうね。よほどの理由があれば別ですが……」

「これはよほどの理由じゃないか」安永はしつこかった。

「いや、例えば法律に触れることがあったとか、そういう場合じゃないと――今回は違いますよ」

「まあ、いい」安永が膝を叩いた。「とにかく、正体不明の人間からネタを貰うのは、危険だ。できるだけ早く正体を特定して報告しろ。まともな相手だったら、今後もネタ元として使っていけばいいだけの話だ。その方が、何かと安心だろう？」

3

無茶苦茶な……桑名は、安永の命令を無視しようかと思った。安永はトップ指示——取材の指揮を執るデスクを飛ばして、自らよく記者に命令する。ただし気まぐれな一面があり、自分で命じたことをすぐに忘れてしまう。この件だって、言うだけ言って忘れてしまう可能性もあるのだ。しかし、こちらが忘れた頃に、「あれはどうした」と突然確認してくることもあるから、油断はできない。上司としては、扱いにくいことこの上なかった。

命令だし、やれるだけのことはやってみるか。たしかに安定したネタ元になればそれにこしたことはない。まず、無理は承知で、プロバイダーに確認してみることにする。何か適当な理由をでっち上げて、「キンカ」の正体を探ってみよう。

パソコンの前に戻ると、その「キンカ」からメールが届いていた。何というタイミングか……と思わず背を丸めて画面を凝視し、メールに集中する。

今朝の朝刊の記事、拝見しました。見事な内容だったと思います。今後、安全対策に警鐘を鳴らすためにも、あのような記事は絶対に必要だと思います。

ただしこの件は、これで終わりではありません。あれは防げた事故だったのです。今後、この件については明らかになってくるでしょう。

いつも通り丁寧で、クソ真面目な感じのメール。「キンカ」が、メールに軽い調子や冗談を混ぜこむことは一度もなかった。こういうメールに対しては、こちらも当然、冗談抜きできちんと返す。

桑名はキーボードの上で手を構えたが、指が動かない。安永の疑念が、いつの間にか自分にも乗り移ってしまったようだった。このメールに対しては、簡単に返信はできない。

もう一つ、引っかかることがあった。「ただしこの件は、これで終わりではありません」……「キンカ」はさらなる情報の存在を示唆しているのではないか？　もしそうなら、まだ「キンカ」とのつき合いを続けねばならない。しかし正体不明のままだと、上層部から情報そのものの「質」を疑われてしまう。何となく、建設省か警察庁の役人のような気がするのだが……。

結果的に今回の特ダネは「質」としても間違いがなかった。建設省でしっかり確認が取れたのだから、正確な情報だったのだ。ただ、次の新しい情報についても同じように上手くいく保証はない。

それでも、目の前にネタがぶら下がっている以上、無視できない。桑名は慎重に言葉を選んで返信メールを打った。

今回の件ではありがとうございました。おかげで満足のいく取材ができて、記事にすることができました。

「この件は、これで終わりではありません」というのは、新たな情報があるという意味でしょうか。もしそうなら、ぜひ取材して記事にしたいと思います。いろいろ難しいこともあるかもしれませんが、何とかご協力いただけませんでしょうか。

今回の御礼かたがた、一度お会いして食事でもできればと思います。その際にまた、お話を伺わせていただければ幸いです。

チェック、送信。

メールを使うようになってから、桑名はこれまで以上に文章に気をつけていた。メールというのは極めて気軽な通信手段故に、あまりチェックもせずに送ってしまい、後から慌てることがよくある。誤字脱字ぐらいなら笑い話で済むが、さりげない書き方が相手の怒りを呼び起こしてしまう可能性もあるのだ。かといって、あまりにも格式ばった感じで書くと、「融通が利かない人間だ」と思われてしまう。

相手のことをリアルに知っていれば、こんな心配はいらないのだが、自分は「キンカ」をメールの文面でしか知らない。

考えてみれば確かに、異常な状況だ。だがこれからは、こういう風にまったく知らない相手からメールで情報提供を受ける機会も増えてくるはずだ。いわば、匿名で寄せられる電話や手紙と同じなのだが、メールの場合は伝えられる情報量が桁違《けたちが》いというメリットがある。文書をスキャンして添付することもできるので、重大な情報をそっくりそのまま送れるのだ。実際今回も、建設省の内部文書らしきものが何枚も添付されていて、調査結果の詳細が明らかになった。

自分は新しい時代を作る記者だと、桑名は意識している。今までの記者たちのように、足を使って汗を流し、誠意を見せることでネタを拾ってくるようなやり方はしたくない。効率が悪いし、疲れるだけではないか。だから自分はネットを駆使し、効率よくネタを拾う。実際に会うと口が重い人でも、メールのやり取りでは案外簡単に深い話をするものだと、経験的に分かっていた。桑名自身、記者なのに、面と向かって取材するのが少し苦手なのだ。メールは、自分の弱点もカバーしてくれる。

ネタ元との関係は、あっさりしていていいのではないか？

とはいえ、やはり相手が誰なのか、気にならないと言えば嘘になる。

送信し終えたメールをもう一度読み直し、桑名はパソコンをシャットダウンした。今日は特に事件が起こりそうな気配はないが、一応、夕刊作業に集中しなければ。夕方には解放されるので、それから本格的に動いてみよう。


桑名はプロバイダーに電話を入れ、午後五時からの取材のアポを取りつけた。向こうは最初から「会員情報は教えられない」と拒否していたが、強引に押し通す。実際に会えば、何とかなるときもある。これまでにも何度も、そうやって正面突破してきたのだし……これは、桑名が嫌う「効率の悪い取材」なのだが。

どんな会社かと思ったら、新橋《しんばし》にある雑居ビルの一室だった。「会員数十万人」を謳《うた》っているから大きな会社だと想像していたのだが……考えてみればこういう会社は、必ずしも大規模なオフィスを必要としない。顧客管理にもコンピューターを使うわけだし、人手は少なくて済むはずだ。

応対してくれた総務部長の岩村《いわむら》という男は、最初からのらりくらりだった。こういう時に余計な策を弄するとろくなことにならないので、素直に事情を話したのだが、それも奏功しなかった。

「会員の個人情報は、私たちにとっては生命線のようなものでしてね」桑名とさほど年齢が変わらないように見える岩村は、正論を盾に使った。「安心して使ってもらうためには、何より個人情報を守らないといけないですから」

「それは分かっていますが、私にとっては非常に重要な意味を持つ人なんです。実際にお会いして話をする必要があります」

「だったら、ご本人と直接メールで連絡し合ったらどうですか？　それが一番早いですよ」

「向こうを刺激したくないんです」

「それは、そちらの事情でしょう」岩村が煙草を一本引き抜き、掌《てのひら》の上で転がした。コンピューターやネット系の会社と言えば煙草と無縁のようなイメージがあるが、この会社は違うようだ。実際、それほど広くない社内で、煙草を吸っている人間が何人もいる。精密機械であるパソコンに悪い影響が出ないのだろうか。桑名自身は、煙草をやめてもう十年になる。ちょうどパソコンを使い始めたぐらいのタイミングだった。

「重大な事件に関係している人だとしても？」

「そうなんですか?」

「いや、そういうわけじゃないんですが」

ああ言えばこう言うタイプの人間は、一番やりにくい。こちらの事情を、これ以上詳しく明かすわけにもいかないし。

「そちらでは、メールの内容も全部監視しているんでしょう?」察してくれ、と言う代わりに、つい変な理屈を持ち出してしまった。

「理屈では可能ですけど、そんな暇はありませんよ」

「捜査機関に要請されたら、メールの監視もするのでは?」

「そんなのは、ケースバイケースです。それにあなたは新聞社の人で、警察じゃないでしょう。強制力はないですよね」

ぐうの音も出ない。

結局何の収穫もないまま、桑名は引き揚げるしかなかった。こうなったら、「キンカ」と直接会うしかないだろう。向こうがその申し出を受けてくれるかどうかは分からなかったが。

ビルを出た途端、携帯電話が鳴った。妻のみすずだった。

会社ではまだ、連絡手段としてはポケベルが主流なのだが、桑名は去年、いち早く携帯電話を購入していた。頻繁に電話が入ったらたまらないので、会社には内緒にしている。その結果、やり取りする相手は、一緒に携帯を買った妻のみずぐらいしかいなかった。周りの友人たちは、まだほとんど携帯を持っていない。固定電話からかけてくる人間もほとんどいなかった。携帯にかけると、電話代が高くつく……。

「まだ会社？」

「いや、取材で新橋にいる」

「終わった？」

「終わったよ」

「じゃあ、どこかでご飯食べて帰らない？　今日は私ももう終わりだから」

「いいよ」

記者同士の夫婦は、普通の夫婦生活は望めない。朝食だけは一緒に摂《と》るが、夜は基本的に、それぞれ勝手に食べるようにしている。上手くタイミングが合った時だけは、外食でもいいから二人で夕食を食べる――そういうルールが自然に決まっていた。

夕食は、たまに行く銀座の老舗《しにせ》の洋食屋になった。銀座は東日の本社がある街なので、ランチタイムにもよくお世話になるのだが、夜になるとメニューががらりと変わる。何十年も続いている洋食屋なのに、フランス料理やイタリア料理の専門店並みに、ワインの品揃えが豊富なのだ。みすずは、今日は呑《の》みたいのだろう、と桑名は想像した。

嫌な予感がする。みすずは酔うとくどくなるのだ。絡み酒。夫婦とはいえ、いつまで経っても慣れない。

4

「それ、やっぱり変よ」

みすずが、酔いが回った口調で言った。それほど呑んでいないのに……この話を蒸し返すのは何度目だろう。その都度桑名は、自説を粘り強く説明したのだが……。

酒を呑まない桑名は、とっくに食事を終えてしまっていた。今夜の食事は、この店名物のカニクリームコロッケ。この手のコロッケは、クリームが滑《なめ》らかな方が評価が高いのだが、この店の場合は少しザラザラしている。しかし、見ても分かるぐらい、大きなカニ肉と小エビがたっぷり入っているのが売りだ。これにタルタルソースをたっぷりかけて食べると、身震いするほど濃厚な味になる。料理もライスもとうになくなっていたので、仕方なく、別に頼んだサラダをちびちびと齧《かじ》る。自家製のドレッシングは異様に酸味が強く、ひと口食べる度にしかめっ面になってしまうのだが、もちろんそれだけが理由ではない。

「名前も顔も知らない人から貰ったネタで記事になるなんて、あり得ない」

「実際そうなったんだから、しょうがないだろう」桑名は声を潜めた。平日の夜、店内に他に客はもういないが、大きな声で話すような話題ではない。「タレコミの電話だって手紙だって、匿名の相手からくるもんだぜ。それと同じじゃないか」

「でも、その後で直接会って確認しない？　他で裏を取る前に、情報提供した本人に会わないと、向こうの意図が摑めないじゃない」

それは……確かにそうだ。単なる正義感から情報提供してくる人間ばかりではなく、何か裏がある場合も少なくないのだ。それが本人の経済的利益や、立場の強化につながることとすらある――ライバルを蹴落とすために新聞を利用するわけだ。その辺を見極めないと、記者側が意図したのとは別の意味で記事が世間に受け取られることもある。

しかし今回は、「キンカ」が自らの利益のために情報提供してきたとは思えなかった。この事故は「公共」の問題であり、内情を暴くことで誰かが経済的に利益を得ることはない。

おそらく「キンカ」は、建設省か警察庁内部の人間だ。純粋な正義感から情報提供してくれたのは間違いない。メールの文面からもそれは読み取れた。

「ずっと文化部の君は、いつも同じ人とつき合ってるだけだから、こういう状況が分からないんだろう」

「それは認めるわ」みすずがあっさり言った。「しかも、ネタ元っていう感じでもないし。取材させていただく感じ？」

「相手が作家さんだと、そういう風になるんだろうね。でも、飽きるだろ？」

「別に」みすずが素っ気なく言った。「同じ相手を十年取材していても、向こうはどんどん変わっていくんだから。書くものが変われば、話を聞いていても内容が全然違ってくるわよ。言ってみれば私たちは、作家の変化につき合うのが仕事みたいなものね」

「特ダネ勝負の世界じゃないからねえ」

「特ダネもないわけじゃないわよ」みすずが赤ワインの入ったグラスを回しながら反論する。「亡者とか」

「ああ」桑名は納得してうなずいた。著名人が死去すると、マスコミにはきちんと連絡が回る。特に政治家や経済人の場合、事務所や会社のマスコミ対応がしっかりしているから、間髪《かんはつ》を入れずに訃報《ふほう》が入ってくるのだ。ただし文化人では、必ずしもそうとは限らない。何らかの組織――大学など――に属している人ならともかく、個人で活動している場合、訃報がマスコミに流れないこともままある。そのため、葬儀から何ヵ月も経ってから「死去している」ことが分かった。葬儀は近親者によって既に営まれた」という間の抜けた記事が載ることさえあるのだ。

「うちの亡者予定記事リストは、他の部よりもずっと充実しているわよ」

あけすけなみすずの言い方に、桑名は思わず苦笑してしまった。確かに、普段文化部が取材している文化人の亡者記事には、経済人や政治家の亡者記事よりも多くの情報が盛りこまれることが多い。多作な作家なら、代表作を書き連ねていくだけで行数が埋まってしまうのだ。

「でもとにかく、会わないで記事にすることはあり得ないわね」

「文化部的にはそうなんだろうけどさ……別の立場だったらどう思う？」

「私が情報提供者だったらっていうこと？」

「ああ。ある事実を摑んで、それを広く世間に知ってもらいたいと思ったら、マスコミに情報提供するのが一番手っ取り早いだろう？　でも、マスコミと関わり合いができるのは面倒じゃないかと思うんだ」

「それはまあ、ねえ」みすずが認めた。「マスコミの人間はしつこいし」

「メールなら便利だろう？　自分の正体を完全に隠して、しかも内容は電話よりもよほど確実に、詳細に伝えられる。要するにこれからは、普通の市民がマスコミと気楽に接触できるようになるんだよ。今回の件だって、そういうことじゃないかな。こういうややこしい問題でマスコミの人間と会ったら、あれこれ詮索されて嫌だろうし」

「だから、匿名同然のメールで情報を送ってきた……向こうが本当に面倒臭がりな人間だったら、今頃大喜びしてるでしょうね」

「ああ」

「相手の反応、どうだったの？　記事が出てからメールした？」

「向こうからメールが来たよ。ちゃんと記事は評価してくれた。それにまだ続報がありそうなんだ」

「他にも隠されていることがあるの？」

「そうみたいだね」桑名はうなずいた。

「どうするの？　今度は会って取材するんでしょ？」

「それは難しいんだよな……」桑名は腕組みをした。「連絡手段はメールしかない。実際に会って話を聞くにしても、まずメールで頼みこむしかないんだけど、それで断られたら向こうとの関係は完全に切れると思う。電話番号も知らないし、そもそも相手が何者かも分かっていないし」

「何だか怖くない？　実在しない人と情報のやり取りをしているみたいで。嘘をつかれても、責任を問えないし……」

「まさか」桑名は声を上げて笑った。「間違いなく実在の人物だよ。資料も真正のものだったし。とにかく、こういう取材は効率がよくていいと思う」

「効率、ねえ……」みすずがワイングラスを回す。「効率ばかりでいいのかしら」

「アウトプットがちゃんとしてれば、問題ないだろう」

「あのね、文化部付きの編集委員で、和泉さんっていう人がいるの。知ってる？」

「名前は……見たことがあるな」解説記事か何かだっただろうか。

「今は囲碁担当なんだけど、昔はバリバリの社会部記者だったのよ」

「そうなんだ。何だか変な経歴だね」

「いろいろあったみたいよ。元々公安関係に強い人だったんだけど、途中から支局を回るラインに乗って……でも、何年か前に、文化部の囲碁担当が急に亡くなって、その後釜《あとがま》として引っ張られてきたの」

「へえ」

「五十歳を過ぎてからそういう異動は珍しいんだけどね……たまに昔の話をすることがあるんだけど、『ネタ元との人間関係は大事なんだ』って強調してたことがあったわ。単に情報のやり取りをするだけじゃなくて、人間同士としてもつき合って、関係を深める。それでこそネタは取れるんだって」

「古い感じだな……それに面倒臭い」桑名は頰を搔《か》いた。「そういう面倒なやり方を飛ばしてネタが取れれば、こんなにいいことはないじゃないか。取材も効率だよ、効率。今回の取材でも、彼は――」

「ねえ、その人、そもそも『彼』なの？」

みすずの一言に、桑名は黙りこんだ。確かに女性の可能性もある……これからの報道はこういう情報のみのやり取りが主になるという気持ちが萎み、にわかに自信がなくなってきた。


結局食事に二時間ほどもかけて、酔ったみすずを連れて家に戻ったのは十時過ぎだった。みすずは「ひと眠りするから」と言ってソファに横になると、すぐに軽い寝息を立て始めた。

桑名はコーヒーを準備して——先ほどの店は料理は最高だが、コーヒーの味はなっていない——リビングルームの片隅に置いたデスクについた。自宅用のノートパソコンを立ち上げ、メールをチェックする。「キンカ」が新たな情報提供でメールしてきたのではと期待していたが、なかった。ホームページを見てメールをくれた人が何人か……その返事を書きながらも、「キンカ」のことを考える。

もしも「キンカ」が女性だったらどうなるか。

メールで情報のやり取りをしている限り、相手の性別など何も関係ないのだが、実際に会うとなると事情は別だ。マスコミの人間に会うには抵抗感もあるだろう。

椅子に背中を預け、思い切り伸ばす。ぎしぎしと鈍い音がして、背中と肩が凝っているのを意識した。両手を組んで後頭部に宛てがい、遠目でパソコンの画面を凝視する。

必ずしも「キンカ」に会う必要はないはずだ。

しかし、「キンカ」が何者だろうと考え始めると、妙に気になってきた。本来、記者とネタ元の関係はドライであるべきだ、と桑名は思っている。ネタ元とべたべたの関係になってしまい、家族ぐるみのつき合いにまで発展するケースもあるのだが、そういうのは桑名には信じられなかった。仕事は仕事、私生活は私生活。そこをきっちり分けないと、二十四時間仕事漬けになってしまう。平成になってから既に七年、そういう昭和的な取材方法やネタ元とのつき合いは、もう古いはずだ。

それでも、実際に自分で「これからはこういうやり方だ」と期待していた方法で記事を書くことができたのに、何故か釈然としない。「キンカ」が何者で、どういうつもりで情報を提供したのかが今になって引っかかっている。

安永の指示が身に染みているだけかもしれないが、自分だって記者なのだ。

パソコンの前に屈みこむと、再び「キンカ」へのメールの文面を考えた。書くべきことはある。向こうが次のネタをほのめかしているのだから、そこを突っこんでみよう。

十秒ほど考えた後、定型の挨拶を打ちこみ、さらに意を決して「一度お会いできませんか」と書いた。

すぐに書いたのを一度削除し、「情報確認のためにもお会いできませんか」と書き直した。意味はさほど変わらなくても、あくまで「仕事」を強調する……。

それほど長くないメールを書くのと確認だけで、十分以上も費やしていた。メール慣れしている桑名にしては珍しい。だがここは、慎重にも慎重を期さねばならないタイミングだ。

送信。

送ってしまったメールは取り消せない。

桑名はしばらく、画面を凝視し続けた。

5

翌日はローテーション勤務の当番に当たっておらず、桑名は十時過ぎにゆっくりと出勤した。この時間帯に会社へ行く時は、みすずと一緒に出かけるようにしているのだが、今日は少しだけ早く家を出た。二日酔いのみすずは機嫌が悪く、それにつき合うのはちょっと辛かった。夫婦とはいえ、互いに気分が悪くなるようなことはしないのも、暗黙の了解である。

当番でない日の桑名は、社会部ではなく遊軍が専用で使っている部屋で仕事をする。普段の取材用の資料などは、遊軍部屋にまとめて保管してあるのだ。

自席につくと、早速パソコンを立ち上げ、メールを確認する。朝も自宅で見ていたが、やはり「キンカ」からの返信はなかった。「直接会いたい」という提案が、向こうを警戒させてしまったのだろうか。

しかし別のメールが目についた。

突然で申し訳ありません。北海道の事故に関するあなたの記事を読ませていただきました。実は私、この事故に関する情報を持っています。建設省が事実を隠蔽《いんぺい》しています。これは当然許されることではなく、是非、真相を書いていただきたいです。私の方で、お渡しできる資料があります。是非、今日にでも会ってお話しさせていただけませんでしょうか。

連絡先はメールアドレスだけ。名前も書いていないし、メールアドレスだけでは、名前に結びつかなかった。しかし桑名はすぐに食いついて、返信した。

東日の桑名です。メールありがとうございました。北海道の事故についての情報な

ら、いつでも歓迎です。

当方、東京かその近郊でしたら、すぐにでもお伺いできます。場所と時間を指定していただけませんでしょうか。

送信すると、またすぐにメールが来た。どうやら相手は、パソコンの前に齧りついているようだ。

何度かやり取りをするうちに、待ち合わせ場所は新橋のSL広場、時間は十一時半と決まった。互いに今日の東日を持って行き、それを目印にする——よし。夕刊には間に合わないだろうが、いいネタなら何としても明日の朝刊には突っこんでやる。トンネル事故に対する関心が高いと実感しながら、桑名は新橋に向かった。

すっぽかされた。

寒風に吹かれながら、一時間。十二時半になっても、それらしい人間は現れない。新聞を抱えて歩いている人は何人か見かけたが、桑名を見もしない。馬鹿馬鹿しいと思いながら、時折丸めた新聞をオリンピックの聖火のように掲げてみたが、気づく人は誰もいないようだった。

もう少し待ってみるかと思ったが、相手は来ないだろうという考えの方が強くなる。メールをチェックできればいいのだが、外では無理だ。もしかしたら、何か事情があって会えなくなったのかもしれない――そう思って、慌てて銀座の本社に戻り、メールをチェックしたが、同じ相手からの連絡はなかった。

すっぽかされたのではなく、騙《だま》された、あるいはからかわれたのではないか？　メールなら、誰にでも気軽に連絡が取れる。しかも、自分の正体を隠して送ることだって可能なのだ。実際今回も、桑名は相手が何者なのかまったく知らない。

クソ、冗談じゃない。ネットを使うような人は意識が高いはず――そんな確信が急速に萎んできた。もしかしたら「犯人」は、SL広場のどこかに隠れて、寒風に吹かれる桑名を見て笑っていたかもしれない。そんなことをして何が楽しいのか、さっぱり分からなかったが……考えるだけ時間の無駄だ。

電話が鳴る。無意識のうちに手を伸ばして受話器を取り上げると、筆頭デスクの諸田のだみ声が耳に飛びこんできた。

「ちょっといいか」

「ええ」嫌な予感がする。〝ネタ元〟のことで諸田が口をはさんできた時の表情を思い出した。

「こっちへ来てくれないか？　話がある」

「何ですか」

「それは来てから話す」

いきなり電話が切れた。この人は他人を不快にする能力には長《た》けている……そんな能力が何かの役に立つとは思えなかったが。

仕方なく立ち上がり、遊軍部屋を後にする。頭の中で嫌な予感が渦巻いていたが、具体的に何を言われるのかは分からない。

社会部は活気づいていた。夕刊の早版用に原稿が出始める時間帯である。しかも今日は、明け方に大田区《おおた》で連続放火事件があったせいか、いつも以上にざわついている。原稿をまとめるのは警視庁クラブの記者たちだが、泊まりの遊軍記者たちも早朝に叩き起こされて現場に飛んだはずで、その時の興奮した雰囲気がまだ持続しているようだった。

諸田は一人ではなかった。桑名も見知った顔――システム部のデスク、笛木《ふえき》が隣に立っている。システム部の若い連中とはよく話すし、気の合う人間も多いのだが、この男はどちらかと言うと苦手なタイプである。笛木は元々、電算関係の専門家ではなく、外部からの送稿に使う無線や電送機などのスペシャリストだった。

諸田が立ち上がり、部屋の片隅に向けて顎をしゃくる。何だか気にくわない仕草だったが、不満をぐっと呑みこんで、桑名は移動した。社会部には、作業用に机を四脚くっつけた「島」が四つあり、その一番端――入り口に近い方へ向かう。暗黙の了解で、この「島」は打ち合わせ用にいつも空けてあるのだ。今日も、社会部全体は騒がしいにもかかわらず、無人である。

諸田と笛木が並んで座り、桑名はその向かいに腰を下ろした。頬がこけ、鶴のようにほっそりした笛木は、ひどく不機嫌に見える。

「君、自分でホームページを運営してるんだよね」笛木がいきなり切り出した。

「ええ」公開しているものだから、隠す意味はない。

「それ、ちょっと問題になっていてね」

「何がですか」

「記事を載せたりしてるだろう？　著作権の関係で、まずいんじゃないかっていう話なんだ」

「話って……どこでそんな話が出てるんですか」桑名は突っこんだ。笛木が他人事のように喋っているのが、何となく納得できない。

「法務部とかで」諸田が助け舟を出した。「記事は、一般的には『売る』ものだ。それを君は、ただで提供していることになる」

「しかし、出ている記事ですよ」桑名も、その辺は十分用心していた。自分が書いた記事ならば、紙面に掲載されるより先にホームページにアップすることも可能だが、さすがにそれはまずい。実際には、掲載から二、三日経ってからアップするようにしていた。

「古い記事だって商品なんだ」諸田が言った。「うちは十年も前から、記事データベースを外販してるんだぞ。それなのに、記者が勝手に無料で記事を出したりすると、問題になるのは分かるだろう。片や有料、片や無料だと、金を払ってデータベースを使っている人が納得しない」

「それは分かりますけど、著作権の問題と言われても……俺が書いた記事なんですから、著作権は俺にあるんじゃないですか」

「まさか」諸田の顔から血の気が引く。「君は、会社の名前と金を使って取材して、記事を書いている。全ての記事の著作権は会社に属する、というのが正式な見解だ」

「初耳ですよ」

「こういうケースが今までなかったからだ。もちろん、本にしたりする時に、記事をそのまま引用することはある。ただその場合は、全て事前に上司に報告するという決まりがあるだろう」

「ええ」自分で本を書いたことはないが、桑名もその決まりは知っていた。

「ホームページの場合は、本とは事情が違う。その辺は理解してもらわないと困るな」

「分かりました」話が長引くのが面倒臭くなり、桑名は一歩引いた。要するに、記事をホームページにアップしなければいいだけの話だろう。その他の内容——論評についてはあれこれ言われる筋合いはないはずだ。

「ホームページ自体も閉鎖してくれないか」諸田がいきなり爆弾を落とした。

「ちょっと待って下さい」桑名は身を乗り出した。「それはやり過ぎ——そこまでしなくてはいけない理由は何なんですか？　記者には、個人で情報を発信する権利がないとでも言うんですか？」

「いや、そういうわけじゃないんだが」諸田の口調は歯切れが悪かった。

それで桑名は、この話がどこかずっと「上」から降ってきた話なのだろうと想像できた。自分で判断したことではないから論拠も薄いし、諸田も強い口調では言えない——いかにも中間管理職らしい話だ。この男は記者ではない。

「誰がそう言ってるんですか？　誰の判断なんですか？　法務部ですか？」桑名は畳みかけるように突っこんだ。

「まあ、偉い人だよ」

「部長ですか？」

「いや、もっと上」

さっと顔から血の気が引くのを感じた。安永ぐらいまでなら、どう言われても何とか対応できる。しかしそれより上の立場の人間が相手だと……何もできないだろう。

これからも社に残るなら黙って手を引くしかない。

「匿名でやっていたら問題はなかったと思うよ」笛木が割りこんだ。「東日の記者という肩書がまずいんだ。あれを見た人は、君が書いたことが東日の見解だと思いこんでしまう。原発問題なんかは、デリケートなことだし、社是もあるからね……しかも君は、個人的見解として、社是と反対のことを書いただろう」

去年発生した高速増殖原型炉「もんじゅ」のナトリウム漏れ事故のことだ、とすぐに分かった。もちろん東日でも大量の記事や解説、社説でこの事故を取り上げたが、全体にはトーンは抑え気味だった。「大したことはない」と世間に印象づけるような記事ばかり……事故を起こした動燃《どうねん》に対しては批判的だったが、突っこみが甘かった。桑名は自分なりに調べて、動燃に対する厳しい批判を展開していた。

「会社の方針と、そこまで大きくかけ離れてはいませんよ。より厳しく突っこんだだけじゃないですか。それにあれは……あくまで個人の見解ですから。ホームページにもそう明記しています」

「そういうのを真面目に読む人ばかりとは限らない。取説の注意事項のようなもので、アリバイに過ぎないんだよ。実効性はないだろう」笛木がさらりと、桑名の説明を否定する。

「それはそうかもしれませんけど……」まだ納得がいかず、桑名は言葉を濁《にご》した。

「とにかく、社内外で誤解を招く恐れがあるから、ホームページは閉鎖してくれ」諸田が話をまとめにかかった。「まあ、新聞社って会社は保守的なもので、新しい技術には疎《うと》い。世間から遅れがちになるのも事実だ。インターネットがこれからどんな風に広がっていくかは分からないが、記者が個人で勝手にホームページを運営したら、いろいろ問題が生じるのは分かるだろう？　近いうちに、一括《いっかつ》して線引きする予定らしい」

「どんな線引きなんですか」

「記者が個人でホームページを開設するのは一切禁止」

「それは……」桑名は思わず声を上げかけた。まさに言論の自由の統制ではないか。同じ新聞社にいる記者にも、様々な考えの持ち主がいる。自分の意見を外部に向かって自由に表明させせないのは、いかがなものか。マスコミ・言論機関である新聞社が記者の発言を封じるのは、明らかに筋違いではないか。

「お前が何を考えているかは、分かるよ」諸田が珍しく、理解ある言葉をかけてきた。「記者にだってそれぞれの考え方がある。社是と反することもある——決しておかしくない。人間として当然だ。だけどそれを、外へ向かって公言するのはおかしいということだ。会社の方針がぶれていると見られてもおかしくないからな」

「しかし、今回みたいに上手くネタが引っかかってくることだってあるんですよ」

「たまたまだろう。他の方法でもネタはいくらでも拾える。だいたいお前、問題のネタ元が誰なのか、特定できたのか？」

まだ――桑名は「調査中です」とだけ言って立ち上がった。ホームページの件は仕方がないか……せっかく今まで続けてきたのをやめるのは残念だったが、会社からの横槍に抵抗してまで続けようとは思わない。

いずれは自分が考えているようなこと――ネタ元とメールでやり取りして情報を拾う――も当たり前になるはずだ。ただしそれには、案外長い時間がかかるかもしれない。新聞社が保守的なのは常々感じている。長年続いたやり方は簡単には変わらないだろう。

遊軍部屋に戻り、パソコンの前に座る。

削除作業自体はそれほど面倒ではないが、いざやろうとすると手が固まってしまう。アップした原稿は全て、ローカルのパソコンに保存してあるから、消えてなくなってしまうわけではないが、やはりもったいない。しばし考えた末、放置することにした。「いつまでに閉鎖しろ」という具体的な指示はなかったのだから……今度何か言われたら、その時に処理すればいい。

キーボードから手を離した瞬間、メールの受信を告げるアラート音が鳴った。

「キンカ」だった。明日お会いできる、時間と場所の指定を、という内容だった。

6

ホテルのロビーか……昔、何度かこういう場所でネタ元と会ったことを思い出す。不特定多数の人間が入れ替わり立ち替わり出入りするので、意外に目立たないものだ。

約束の時間の十五分前、桑名は座り心地のいいソファに腰を落ち着けた。ただし気持ちはまったく落ち着かない。互いに初対面なのに、どうやって相手の顔が分かるのか……「キンカ」は「見つけますから大丈夫です」と言っていたものの、不安は残る。自分だけが顔を知られていると思うと、何だか不気味でもあった。

何度も腕時計を見て時刻を確認する。約束の時間ちょうど……桑名は腰を浮かして周囲を見回した。「キンカ」らしき人間は見当たらないが、そもそも「キンカ」が男なのか女なのかも分からないのだから、どうしようもない。

腰を下ろした瞬間、背後から「どうも」と声をかけられた。深みのある、中年男性の声。やはり男だったのか、と振り返ろうとすると「こちらを見ないで下さい」と鋭い声で忠告される。声に刺《とげ》があり、桑名は思わず固まってしまった。

「キンカさんですか？」とりあえず、それだけは確認しないと。

「そうです。桑名さんですね？」

「こういう形では……会っているとは言えないんじゃないでしょうか」背中越しの会話では、メールでやり取りしているのと何ら変わらない。

「顔を見られたくないんです」

「何故ですか」

「何故と言われても……」「キンカ」が口籠る。上手く説明できないほど複雑な理由があるのか。「自分が何者なのかあなたにも知られたくないから、今までメールで連絡していたんですよ」

「都合が悪いことがあるんですね」

「あります」「キンカ」がきっぱりと言い切った。「顔を見せるのは勘弁して下さい。情報は持ってきましたから」

肩のところに何か感じる……目をやると、A4サイズの封筒が差し出されていた。桑名は慎重に手を伸ばし、封筒を摑んだ。すぐに開けようとしたが、「キンカ」に止められる。

「ここでは見ないで下さい。会社へ戻って確認してもらえますか」

「どういう話なんですか」

「事故は未然に防げたんです」「キンカ」が低い声で言った。かすかな怒りが感じられる。

「どういう意味ですか？」

「去年——ちょうど一年前の三月に、岩盤の亀裂が大きくなっているのを、現地の国道工事事務所が確認していました。ただしその時点では危険なしと判断して、上に報告を上げなかった」

「その時に処理していれば、今回の事故は防げたと？」桑名は、喉元まで心臓がせり上がってくるように感じた。このネタは、前回のネタよりもインパクトが大きい。「役所の怠慢」は、いつでも批判の対象になり、記事の扱いが大きくなるのだ。

「あくまで可能性の話です」「キンカ」が慎重に言った。「去年発見された亀裂と今回の事故を関連づけられるかどうかは、まだ分かりません。詳細な検証が必要だし、それには時間がかかるでしょう。しかし、報告を上げていなかったこと自体が問題だ——違いますか」

「仰る通りです」

「あなたなら、その辺の事情を正確に書いてくれるでしょう。この書類は、今回建設省が現地の国道工事事務所に事情聴取を行った結果をまとめたものです」

「取り扱い注意、ですね」

「そうです」

「どうしてこういう情報を私に流してくれるんですか」

「ホームページを見て……あなたは、物の見方が私に似ている。あなたなら、私の怒りや正義感を汲《く》んで、しっかり記事を書いてくれると思っていました。その予想は当たりましたよ」

「それは……どうも。この書類は、内部文書ですか？」

「言えません。しかしあなたが見れば、どういうものかはすぐに分かるでしょう」

「出所が分かってしまうわけですね……あなたは、建設省の人なんでしょう？」

「もうお会いしない方がいいようですね」

「え？」

「メールでやり取りする分には、まず安全です。しかし実際に会うとなると、危険だ……私は、そういう危険は冒せないし、冒したくない」

ふいに気配が消える。何だ？　桑名は思い切って振り向いた。誰もいない。「キンカ」は音もたてずに立ち上がり、あっという間に姿を消してしまったのだ。いや……まるで何かから逃げ出すように、ロビーを足早に横切っている、あの背の高い男は怪しくないか？

追いかけたい、という衝動を、桑名は必死に押し潰した。余計なことをしてはいけない。今、手元には最高レベルのネタがあるのだ。これを活かすことだけを考えていればいい……ネタ元は、あきらめよう。

「キンカ」は間違いなく、建設省のインサイダーだろう。おそらくキャリアではない。上の連中のやり方を見ているうちに憤りを感じ、東日を使って真相を暴こうと決意したノンキャリア——だいたいそんな構図と読んだ。もっとも「キンカ」をこういう動きに駆り立てたものの正体は分からない。単純な正義感なのか、内部抗争なのか、あるいはもっと特別な事情があるのか。

手にした封筒には、いつの間にか皺《しわ》が寄っていた。

7

本社に戻って、午後六時。これから関係各所に取材して、明日の朝刊に突っこもうと思えば、十分できる時間帯である。

ただ、すぐには動けない。今度はネタ元に「会った」にもかかわらず、このまま書いてしまっていいかどうか、判断できなかった。

「キンカ」にもらった資料にじっくり目を通しながら、作戦を考える。内容的には書かなければならない——書く価値のあるネタだ。それに、これを持ち出してくれた

「キンカ」の勇気にも応えたい。資料は「コピーのコピー」という感じで、細かい文字などは潰れかけていた。安全に資料を持ち出すために、様々な手を使ったのだろうと簡単に想像できる。

内容は、今回の事故に関してできた建設省の「原因究明チーム」の面々が、地元の国道工事事務所に事情聴取した内容である。正式な報告書としてまとまっているから、既に省の上層部は目を通しているはずだ。然るべき立場の人に当てれば、事実関係はすぐに確認できるだろう。

書くか書かないかはともかく、事実関係だけは詰めておかないと。

桑名は建設省の記者クラブに電話を突っこみ、本郷を呼び出した。原稿が出る予定なら忙しい時間帯だが、どうやら今日は暇らしい。とはいえ、本郷は露骨に警戒していた。また遊軍の気まぐれで動かされたらたまらない、とでも思っているのだろう。

桑名は簡単に事情を説明し、手元にあるデータをメールで送りたい、と言った。

「パソコンを使ってなくても、ワープロでメールは受け取れるだろう？」

「ええ、まあ」本郷は自信なさげだった。

「ファクスだと誤送信が心配だ。会社のバイクを出していたら、時間がかかってしょうがない。スキャンして添付するから、それを確認してくれ。もちろん、それを直接相手に見せるのは駄目だけど……」

「それぐらいは分かってますよ」本郷がむっとした口調で言った。

「じゃあ、後はよろしく頼む」

「誰が原稿を書くんですか？　桑名さんが自分でやるんでしょう？」

「それはまだ分からない」

「え？」電話の向こうで本郷が間抜けな声を上げた。「書くかどうかも分からないのに取材するんですか？　そんなの、無駄でしょう」

「無駄になるかどうかは、これから決める。取材だけはちゃんとしておいてくれ」

電話を切り、桑名はデータを送る準備をした。社会部には、もちろんスキャナーなどない。自腹で買ったスキャナーを使う。こういう便利さを、会社はもっと活用すべきだ。

スキャンしたデータを添付して、本郷にメールを送る。通信速度の速い社内ＬＡＮ経由なのに、重い画像データの送信には妙に時間がかかると感じた。それだけ焦っているわけか……。

よし、完了。とりあえずの手は打った。建設省の取材は、本来の担当者である本郷に任せるのが筋で、原稿も彼に書かせてしまってもいい。自分は「トリガー」になるだけで、別に記事を書かなくても構わないのだ。みすずは「欲がない」とよく笑うのだが、桑名はまったく気にしてもいなかった。

問題は、これを本当に記事にすべきかどうかだ。

メールを確認する。「キンカ」からのメールはなかった。こちらからお礼のメールを送っておくべきだろうか。しかし、別れ際の微妙に緊張した雰囲気を考えると、今は彼を刺激するのは得策ではないだろう。

彼だって必死なのだ。セキュリティ網をかいくぐってこの資料を持ち出し、危険を冒してまで自分に会って渡してくれた。

その思いを無駄にしてはいけない。

だったらやはり、書くしかないではないか。

気持ちを固めて、桑名はメモを作り始めた。すぐにでも原稿に仕上げた方が説得力が出るのだが、まだ裏が取れていない状況では無理がある。簡潔に事実関係をまとめて、「概ね百行」と目処をたてた。

それが終わった瞬間、本郷から電話がかかってきた。

「裏、取れましたよ」

「そうか……誰に当てた？」

「然るべき、上の立場の人間です。『関係者によると』で書いていい人間ですよ」

「分かった」

「どうしますか？」

「原稿の用意をしてくれ。今、上にかけ合ってくる」

普通なら、原稿の処理をする朝刊担当デスクに話をするのが筋だ。しかし今回は、まず部長と筆頭デスクの壁を突破しておきたい。後からいろいろと文句を言われたのでは、時間切れになってしまう。

部長の安永は、午後七時を過ぎると、大抵ふらりといなくなる。デスクや部員を誘って呑みに行き、早版のゲラが上がってくる午後九時ぐらいに戻って来るのが毎日のパターンだった。

幸い、安永はまだ自席にいた。何か気になる記事でもあるのか、日本新報の夕刊を広げて、眉間《みけん》に皺を寄せている。

「部長」

声をかけると、安永と諸田が同時に桑名を見た。桑名は唾を呑み、部長席につかつかと近づいた。すぐに、安永にメモを渡す。すばやく目を通した安永は「これは？」と厳しい口調で訊ねた。

「建設省の方で裏が取れています。書くべき話です」

安永が、諸田にメモを渡す。諸田は表情一つ変えずにメモを読みこんだ。顔を上げると、急に疑わし気な表情を浮かべて桑名を見る。

「書くべき話です」桑名は繰り返した。「この前の記事よりも一歩踏みこんだ内容にできますよ。建設省の責任問題ということで書けます」

「要するに隠蔽、ということか」安永が言った。

「隠蔽というほど悪質ではないと思いますが……事態を甘く見ていたのは間違いありません。要するに、油断と連絡不足です」

「建設省の方は、事実関係を認めたんだな？」安永が念押しした。

「はい」

「原稿は誰が出す？」

「本郷に書いてもらおうと思います」

「分かった。コメントするかどうかは分からないが、北海道支社の連中も動かして、現地の国道工事事務所から確認を取れ。建設省が認めていると言えば、連中も否定はできないだろう。現地の取材次第では、百行と言わずにもっと増やしてもいい」

「分かりました」

ゴーサインは出た……ほっとして、桑名は深く一礼し、その場を立ち去ろうとした。背中を向けた瞬間に、安永が声をかけてくる。

「桑名、誰からのネタだ」

「匿名のタレコミです。遊軍部屋に直接電話がかかってきて、その後ファクスで書類が届きました」

安永が目を細め、桑名の顔を凝視する。明らかに疑っている……またメールでネタが来た、と疑っているのだろう。実際そうなのだが、桑名はあくまでしらを切り通すつもりでいた。

「ファクスはどこから来たのか、分かるか」

「ファクスの番号は分かっていますが、そこまでの情報が必要ですか？　電話で直接話して、信頼できそうな相手だと判断しました。そもそも情報は正確だったんですから、問題ないでしょう」

「……そうだな」安永がうなずく。

「では、失礼します。原稿の準備をします」

一礼して立ち去ろうとすると、また「桑名」と声をかけられる。安永は明らかに疑っている様子だったが、桑名は無表情を貫いた。

「ところで、例のメールのネタ元は誰か、分かったか」

「いえ……本人に確認のメールを送ったんですが、音沙汰がありません。警戒されたんだと思います」

「そうか……分かった」安永がまたうなずく。納得した様子ではなかったが、これ以上はどうしようもないと諦めたようにも見えた。この男の感覚では、「ファクスはいいがメールは駄目」なのだと分かり、妙な気分になる。同じようなものなのだが。

また一礼して踵《きびす》を返し、桑名はそっと息を吐いた。これでいい……自分は今、記者の基本である「ネタ元を守る」を貫いたに過ぎない。状況によっては、社内の同僚にも知らせない――こういうことは決しておかしくはないのだ。

そして自分は、新たな取材の方法を摑んだ。これからは、今回のような取材のやり方が一つの主流になるだろう。自分は間違いなく新しい時代を拓《ひら》いたのだ、と信じたかった。

この件も記事になる。そのお礼を「キンカ」にはメールしておくべきだろうか……判断がつかぬまま、桑名は遊軍部屋に向かった。

2017年

不拡散

1

何だ、これ？
佐《さ》藤《とう》亜《あ》紀《き》良《ら》は首を突き出し、パソコンの画面を凝視した。ツイッターで流れている、奇妙なつぶやき。

【拡散希望】ＴＮＴ千葉工場で爆発事故発生。有毒ガスが発生しています。近所の人は警戒して下さい。

おいおい……ＴＮＴ千葉工場は、佐藤が勤める東日新聞千葉支局から、直線距離で五キロほど西にある。有毒ガスが発生するような爆発事故が起きたら、当然消防も出動して、こちらの情報網に引っかかっていたはずだ。

受話器を取り上げ、千葉市の消防局に電話を突っこんだ。現在、午前一時半。街は眠りについているが、消防は当然二十四時間体制で動いている。三十分ほど前に最後の警戒電話を入れた時には「異常なし」だったが……支局で泊まり勤務をする人間は、締め切り時間に合わせて警察と消防へ警戒の電話をかけるのがルーティーンワークで、三十分前の電話が今夜の最終確認だった。

先ほど話したのと同じ人が電話に出る。向こうもすぐに佐藤だと気づいて、「どうかしましたか？」と怪訝《けげん》そうに訊《たず》ねてきた。

「ちょっと変な話なんですが……」ガセネタだろうが、やはり念のために確認はしなくては。「TNTの千葉工場で、爆発事故が発生したという情報がありますけど、何か入ってますか？」

「爆発事故？」向こうはさらに怪訝そうな声になった。「いや、何も入ってませんよ。そちらには何か情報があったんですか？」

「情報というか、ツイッターで」

「ああ……ちょっと確認してみますね」

相手が電話から離れた。すぐに声が戻ってくる。

「この、【拡散希望】のやつですか？」

「見つけました？」

「ええ。でも、今のところそういう情報はないですね。現地に確認してみますから、もう少ししたらまた電話してもらえます？」

「すみません、ご面倒かけます」

自然に頭を下げて、佐藤は一度受話器を置いた。警察官に比べて、消防の人は親切で優しい……新人記者として千葉支局に赴任してきてから約一年、警察官には散々馬鹿にされ、あるいは無視されてきたが、消防はいつも丁寧に接してくれた。

それほど時間はかからないだろうと判断して、五分後にもう一度受話器を取り上げる。同じ人がまた電話に出て、「やっぱり何もないですよ」と保証してくれた。

「現地に確認したんですか？」

「ええ。工場は二十四時間稼働ですからね。工場の人に直接聞きましたから、間違いないでしょう」

「そうですか……どうも、お手数をおかけしました」

「いえいえ——おやすみなさい」

こういう常識的な挨拶が胸に染みるんだよな、と思いながら、佐藤はそっと受話器を置いた。これで今日の仕事はおしまい、とほっと息を吐く。支局にはだいたい、泊まりでなくても遅くまで居残ってる人間が何人かはいるが、今日は珍しく一人きりだった。明日の朝刊が届くまでの短い時間、とりあえず誰にも邪魔されずに眠れそうだ。

佐藤は、宿直室から毛布を取ってきて、ソファの上に寝床を整えた。宿直室にはちゃんと布団があるのだが、佐藤は物心ついた頃からずっとベッドで寝てきたから、布団にはどうしても馴染《なじ》めない。多少居心地が悪いのは我慢して、泊まり勤務の時にはソファで寝てしまうのが常だった。

支局の灯りは落とし、テレビは低い音量でつけたままにしておく。万が一臨時ニュースを知らせる音が鳴れば、必ず気づくのだ。一年前まで——学生の頃は、こんなことは絶対にできなかった。眠りは深い方で、よほどのことがない限り、一度寝たら朝まで目が覚めなかったのである。それが今は、ちょっとした物音ですぐに起きてしまう。家で寝ていても、遠くで鳴り始めた消防車のサイレンで、眠りから引っ張り出されることもしばしばだった。

靴下だけは脱ぎ、何となく寝る体勢になる。毛布を首元まで引き上げて目を閉じると、すぐに眠気が訪れた……が、次の瞬間には目を開けて、飛び起きてしまった。

ちょっと待てよ。消防の確認だけで十分なのか？　もちろん、火事や爆発事故の情報を摑《つか》むには消防が一番確実だが、これだけだと裏を取ったことにはならないんじゃないか？

毛布を撥《は》ねのけ、裸足のまま床に降り立つ。ひんやりした感触で、一気に目が覚めた。一番近いデスクの受話器を取り上げ、TNTの工場を管轄に持つ臨海署に電話を突っこんだ。電話に出た当直の署員の声を聞いただけで、何もないと分かった。声が弛緩《しかん》していたのだ。

事情を話すと、やはり「何もないですよ」と言われた。

「そこから、TNTの工場、見えますよね」

「見えるけど、見るためには外へ出ないといけないから」相手が急に渋い口調になった。

「ちょっと見て確認してもらうわけには……」

「それぐらい、自分でやった方がいいんじゃないですか?」

やんわりと言われ、佐藤は言葉を失ってしまった。こっちは当直で、支局を空けるわけにはいかないんだ……それに、二月の夜中に現場に出るような、面倒なことは避けたい。

「どうも……」短く言って電話を切る。支局は出られないが、直接確認しないで済ませるのは、やはりよくない気がした。どうしたものかと一瞬考えて、すぐに解決法を思いつく。ただ、実行に移すのをためらった。さすがにこの時間はヤバいのではないか——しかし最後には、放っておいたらまずいという考えが勝る。

近くに置いたスマートフォンを取り上げ、同期の足尾《あしお》の番号を呼び出す。事件や事故の取材が大好きなタフな男だが、いくら何でもこの時間は寝ているはずだ。最近の千葉支局管内では事件・事故が少なく、警察回りの佐藤や足尾は暇を持て余している。

足尾は、呼び出し音が二回鳴っただけで電話に出た。たぶん、枕元にスマートフォンを置いているのだろう。

「亜紀良か？　どうした」はっきりした声。寝ていなかったのか、この時間の電話を緊急のものと判断して、一瞬で目が覚めたのかは分からない。電話したものの、頼みにくい……この男に対しては、いつも腰が引けてしまう。何というか、勢いがあって、声がでかい男は苦手なのだ。

佐藤は気力を振り絞って事情を説明した。

「何だよ、それ」足尾は、いかにも不満そうに言った。「消防も警察も何もないって言ってるんだろう？　ツイッターなんか、悪戯《いたずら》に決まってるじゃないか」

「そうかもしれないけどさ……」釈然としない。「ちょっと見てきてくれると安心できるんだけどな……お前のところからは、車で十分ぐらいしかかからないだろう」

「それはそうだけど、心配し過ぎじゃないか？　何でもかんでも疑ってかかったら、気持ちがもたないぜ——だけど、まあ、いいか」

「行ってくれるのか？」佐藤は胸を撫《な》でおろした。

「何かあったら、明日の昼飯はお前の奢《おご》りな。何もなかったら、無駄足になるから二日分だぜ」

「……分かった」

何だか取り引きしているようで、微妙に気分が悪い。とはいえこの際、仕方がない。昼飯代の条件を呑《の》んで、佐藤は電話を切った。

三十分後、二日続けて足尾に昼飯を奢ることが決まった。

2

泊まり明けの日は、昼近くまで支局にいて夕刊時間帯の事件・事故警戒をする。といっても、夕刊に送るような事件がいつも起きるわけではなく、今日は特に暇だった。暇潰しの気持ちで昨夜のツイッターのつぶやきを調べてみると、どうやらそれほど拡散していないようだ。【拡散希望】はいかにも目を引くとはいえ、調べればすぐに嘘だと分かってしまうだろう。だいたい、千葉県民以外で、ＴＮＴと言われてピンとくる人がどれぐらいいるか。ＴＮＴは本社も千葉市で、最大の石油プラントもここにある。地元を代表する企業ではあるが、全国レベルでの知名度はそれほど高くないはずだ。

　ふと気になり、九時になるのを待ってTNTの本社に電話を入れてみる。この時間なら、広報の社員は出勤しているだろう。

「TNT広報部、春永《はるなが》です」若い男の声が電話に出た。

「東日千葉支局の佐藤と申します」

「はい、お世話になっております」

　非常に歯切れのいい口調だった。消防局の人は「親切」。一般企業の人は「愛想がいい」。いずれにせよ、話していて不快になることはない。普段取材している警察の人間は、どうしてあんなに無愛想なのだろう。

「変な話で申し訳ありませんが」前置きして、佐藤は事情を説明した。

「ああ、その件ですか……」春永の声から急に力が抜けた。「ツイッターにそういうつぶやきが上がっていたのは確認しています」

「偽情報ですよね？」

「ええ。困ったものですけど、時々こういう情報が流れるんです」

「悪戯、ということでしょうか」

「そうなんでしょうね」春永は、どこか居心地が悪そうな感じだった。

「何か、そちらとして処置はしないんですか？」

「いやあ……よくあることなので、スルーですね。実害もありませんし」

「そうですか……分かりました。変な話ですみません」

「いえ」

電話を切り、溜息をつく。デスクの新藤《しんどう》がちらちらと佐藤を見ている。立ち上がると、煙草をくわえてこちらに近づいて来た。漂ってくる煙が鬱陶しい。今時煙草を吸う人もどうかと思うが……どうもマスコミ業界は、他の業界に比べて喫煙率が高いようだ。

「何かあったのか、亜紀良？」支局にはもう一人、「佐藤」がいるので、先輩たちは常に「亜紀良」と呼ぶ。

「何もありませんでした――結果的には」

佐藤は昨夜からの事情を説明した。話し終えると、新藤が声を上げて笑い、煙草に火を点ける。

「まあ、そんなに神経質になる必要はないんじゃないか？　だいたい、足尾もいい迷惑だよ。あいつみたいに腰が軽い奴じゃなければ、本気で激怒してるぜ」

「……ですよね。飯を二回奢ることになりました」

「それぐらい、安いもんだろう。しかし、この件、どうするんだ？」

「どうするって、どういうことですか？」

「だから、記事にするのかどうか」

「まさか……こんなの、記事にならないでしょう」

「そうか？」新藤が佐藤の顔を凝視する。「向こうは『困ったものだ』と言ってたんだろう？　ある意味被害を受けている人がいるんだから、記事になるんだよ」

「でも、警察に届け出たりはしないようですよ」佐藤は反論した。

「何も事件原稿にしろって言ってるんじゃないよ。コラムにするとか、処理の方法はいくらでもある。いかにも今風の話なんだし。最近は暇だから、紙面も空いてるぞ」

確かに……千葉県は事件・事故が多く、佐藤たち警察回りはいつも駆けずり回っている。特に忙しかったのは去年の十月だった。殺人事件が二件、成田空港での覚醒剤密輸の摘発——末端価格で三億円分だった——に台風の上陸が重なり、ほぼ一ヵ月、休みなしで働いた。それに慣れてしまったせいか、今は開店休業状態という感じである。

「まあ……事件はないですよね」

「だから、準備しておけよ」

「はあ」釈然としなかった。こんなこと、書く意味があるのだろうか。

「普通の記事にならなくても、他の書き方もある——どんな材料でも常に書くつもりで考えてないと駄目だ。お前ももうすぐ入社一年——後輩が入ってくるんだから、しつかりしろよ」

「……分かりました」

うなずいてみたものの、書くことはないだろう。コラムは、普通の記事よりずっと自由とはいえ、この程度の話では内容がなさ過ぎる。新藤はもう少し積極的な答えを期待していたようで、その場に立ったまま煙草をくゆらせている。漂ってくる煙を、佐藤は顔を背けて何とか避けた。佐藤がそれ以上何も言わなかったせいか、新藤が話題を変えてくる。

「それと今日、TCCの記事、頼むぞ」

「ああ……そうでしたね」一気に気が重くなった。東日新聞では、各地でカルチャーセンター――略称「TCC」だ――を開いており、千葉にも教室がある。月に何回か、教室の様子を取材して記事にしている。こんなの、本当に雑用なんだけど……雑用であるが故に、だいたい佐藤たち一年生に回ってくるのだった。

「うちの先輩記者が先生役だからな。ちゃんと書いておかないと無礼に当たるぞ」

「そうですか……」

「とにかく、短い記事でも手を抜かないように」

分かってますよ……新藤が背中を向けた瞬間、佐藤は素早く溜息を漏らした。

3

ＴＣＣ千葉教室は、ＪＲ千葉駅に近い複合ビルの八階と九階を占めている。佐藤は取材で何度も来ていたが、その度に高齢者パワーに圧倒されてしまう。だいたい、どの教室もほぼ定員一杯。暇と金のある高齢者がどれだけたくさんいるか、毎回思い知らされる。それにとにかく、元気なこと……張りのある声の洪水を聞いていると、げんなりしてしまうほどだ。

今日取材する講座は、ちょっと毛色が違っていた。四十人ほど入る教室が埋まっているのは他の講座と同じだが、高齢者——六十歳以上に見える人は半分ぐらい。残りの半分は、明らかに大学生のようだった。講座タイトルは「新聞とインターネット」。よくある「新聞の読み方講座」の延長として、インターネットが従来のマスコミに及ぼした影響、今後の予想などについて学ぶ——というのが、佐藤が事前にパンフレットで読んだ内容である。学生たちは、マスコミへの就職希望者なのかもしれない。斜陽産業なんだけどなあ、と皮肉に思う。

佐藤は大学でマスコミ論を学んだ。新聞の読者離れは深刻で、将来性に不安はあったが、時代の最前線で、誰も知らないことを取材する興奮を想像して、就職先には東日を選んだ。それに、他業種に比べればまだ給料もいいし……しかし拘束時間は長く、未だに仕事に慣れた感じがしない。取材では右往左往してしまうこともしばしばで、時間に追われてじっくり文章を練る暇もなく、記事は常に「書き飛ばし」。学生時代に想像していた興奮を経験することもなく、「向いてないよな」と思うことも多かった。それにネットなどで新聞の悪口を読む度に、どんよりした気分になる。こんなに反発されてる業界だったんだ……。

講師は、東日新聞編集委員の桑名。東日では数少ない、ネットの専門家だ。インターネットの黎明期《れいめいき》から取材を始め、社会部から解説部、編集委員と、記者人生の後半はほとんどネット問題の取材に費やしてきたという。ネット犯罪に関する著書も出している。定年間近なのだが、こういう人は辞めても仕事には困らないんだろうな、とぼんやりと考える。桑名は、こういう場所で喋《しゃべ》るのにも慣れているようで、質問にも簡潔かつ的確に答え、講義の流れを滞《とどこお》らせない。

今日のテーマは、「フェイクニュース」だった。二〇一六年のアメリカ大統領選でにわかに注目を浴びたこの言葉の意味、そして背景について、桑名は分かりやすく話している。この話は自分にも関係があることだと、泊まり明けで寝不足の佐藤も、つい身を入れて聞いてしまった。

フェイク＝偽という言葉そのままの、「嘘のニュース」。これは従来のメディアではなくSNSなどを通じて拡散していく。特にアメリカで注目されている現象だ。

「人は信じたいものだけを信じるものです」と桑名は説明した。「残念ながら日本では、フェイクニュースの分析や研究はまだ満足に行われていませんが、今後、アメリカだけでなく日本でもこういう動きが広がっていく可能性があります。もちろん、社会にまったく影響を与えないフェイクニュースもありますが、時には間違った情報が拡散することで、悪影響が出る可能性も考えられます。そこでどうしたらいいか――SNSなどで知った情報を鵜呑《うの》みにしないで、自分で裏を取ることが大切です」

そのためには新聞をよく読むことが一番――結局、「新聞を読みましょう」という宣伝になるわけか、と佐藤は少し白けた気分になった。

だいたい佐藤は、入社してから、新聞にはそれほど影響力がないと実感している。ニュースの話をしていても、まず「ネットで見た」というところから始まる。その情報が新聞社から提供されていることは、誰も気にしない。特に大学時代の友人たちと話をするとその傾向が強い。あいつらは、もう新聞なんか読まないんだ……。

何となく鬱々とした気分になりながら、八十分の講義が終わりかける。その時になって、教室の様子を撮影していなかったことに気づき、慌てて一番後ろに行って全体の光景をカメラに収めた。後は講師と受講生のコメントをもらって、記事の準備は完了。珍しく若い人が多いので、その人たちに話を聞こうと決め、一番後ろの席に座っていた女性を摑まえた。地元の大学の経済学部に通っているこの女子大生は、やはりマスコミ志望だという。

「実際に話を聞くと、初めて知ることもあって刺激になります」まとめればそういうこと——無難なコメントだ。佐藤が取材している間にも、桑名は教壇のところで受講生に囲まれていた。やたらと丁寧に対応しているので、いつまで経っても人の輪が消えそうにない。講師のコメントもらわないといけないのだが……ここで時間を潰しているのは無駄だと思いながら、佐藤はただ待った。

十分ほどして、桑名はようやく受講生から解放された。疲れた様子もなく、穏やかな笑みを浮かべている。佐藤に気づいて、軽く会釈してみせた。

「どうも、お待たせ」

「いえ」

「ちょっとお茶でも飲みにいかないか？　喋り過ぎて喉が渇いた」

「はあ……そうですね」お茶を飲んでいる時間があったら早く帰って原稿をまとめたい。とにかく今日は、泊まり明けで疲れているのだし。しかしどうせ話は聞かなくてはならないわけで、コーヒーで眠気を吹き飛ばそう。

二人は、一階下のフロアにある喫茶店に足を運んだ。二月なのに、桑名はアイスコーヒーを頼む。本当に喉が渇いていたようで、ブラックのまま一気に半分ほどを飲んだ。それからミルクとガムシロップを加えて、ストローでゆっくりとかき回す。その様子を見ながら、佐藤はホットコーヒーを啜《すす》った。

「こういう仕事、馬鹿馬鹿しいと思うだろう」

「いえ」

否定したものの、すっかり見透かされていると思うと、桑名の目を真っ直ぐ見られなかった。

「いいんだよ」桑名が苦笑しながら言った。「俺だって、新人時代に雑用を押しつけられた時にはうんざりしたから。記者の本分は、こういうことじゃないよな」

「まあ……」

答えを濁して、佐藤はようやく顔を上げた。目の前の桑名は、にこやかな笑みを浮かべている。新聞業界で三十年以上も揉《も》まれてきた人とは思えないほど、穏やかな顔つきだった。これまで取材してきた講師たち——大学の先生のアルバイトが多い——に比べれば、ずっと話しやすい雰囲気がある。

取材はすぐに終わった。TCCを紹介するこの囲み記事では、講座の内容を紹介し、受講生と講師のコメントを掲載するスタイルが決まりになっている。今まで何回も取材してきた中で、これほどコメントを作りやすい講師はいなかった。さすが現役の編集委員——編集委員は、ある分野を専門に取材してきた記者が、どこの部にも属さず自由に取材して、解説記事を書くのが主な仕事だ。命令を受けることもほとんどなく、好きな記事だけ書ける――「新聞記者の天国」と呼ぶ人もいるほどだった。だいたい、取材歴二十年、三十年のベテランばかりだから、取材を「受ける」方の心がけもよく分かっているのだろう。桑名のコメントが上手いのもうなずける。

ほっとしてメモ帳を閉じる。桑名のグラスは既に空になっていた。

「TCCの講師の仕事はここだけなんですか？」気分転換にと、佐藤は話題を変えた。

「ああ。遠いから面倒なんだけど、頼まれたら基本的に断らないのがルールだから。それにここのセンター長が後輩でね」

「じゃあ、ますます断れませんね」

「会社の人間関係は、何十年も続くからね。センター長は支局の一年後輩だから、もう三十五年もつき合いがあるんだ」

目が眩《くら》むような年数だ。入社してまだ一年にも満たない佐藤にすれば、自分が五十代になった時のことなどとても考えられない。その頃にも、新聞は今と同じようにあるのだろうか。

「どう？　最近、千葉では面白い事件はある？」

「いやあ……」佐藤はボールペンで頭を掻《か》いた。「最近は暇なんですよ。開店休業状態です」

「千葉は事件・事故の多いところだから、警察回りは忙しいはずなんだけどね……暇だったら、紙面を埋めるのは大変だろう」

「そうですね。でも、そういう心配をするのはデスクの仕事なので」

「今、千葉のデスクは誰だっけ？」

「新藤さんです」

「ああ、彼が社会部にいた頃、一緒に仕事したことがあるよ」

「そうなんですか？」いったいいつの時代の話だろう。

「十五年ぐらい前だけど、なかなかよくできた記者だった」

佐藤は無言でうなずいた。よくできるというか、細かい――口煩いのは間違いない。記者としてできる人だったかどうかは、佐藤には判断しようもなかった。

一瞬空いた間を埋めようと、佐藤は気になっていたことを口にした。

「あの、ツイッターとか、どう思われます？」

「何だい、藪《やぶ》から棒に。それに、えらく抽象的な質問だな」桑名が空になったグラスを取り上げ、ゆっくりと揺らした。残った氷がカラカラと音を立てる。「記者の質問は、いつも具体的じゃないと」

「でも桑名さん、そういうのは……専門家ですよね」

「ツイッターは、特に専門じゃないけどね。SNSに関しては、そんなにきちんと使ってるわけでもないし……この二十年で、ネットの世界もずいぶん変わってきた。俺がネットを始めた頃は、自分でホームページをこつこつ作って情報発信していたんだよ。大昔の話だけどね」

桑名がグラスをテーブルに置き、白髪が目立つ長い髪をかき上げた。何だか遠い目——過去にあった何かを思い出しているような目つきだった。

「それで、ツイッターがどうかしたのかい?」

「昨夜、偽情報に引っかかりそうになりました」佐藤は事情を説明した。「こういう馬鹿馬鹿しい情報があるから、ツイッターを見るのも嫌になるんですけど、一応チェックしておかないと不安で。ツイッターでネタを拾えるんでしょうかね」

「それはあり得るね。だいたい、チェックも難しくはないだろう」桑名がうなずく。「ツイッターにどんな情報が流れても、すぐに直接チェックできるじゃないか。『東日の記者です』って言えば、誰にだって取材できるんだから。少しでも怪しいと思ったら確認して、嘘なら放っておけばいい」

「でも、ガセ情報が拡散する可能性もありますよね。そういうの、俺たちで何とかしなくていいんでしょうか」

「頼まれたコラムを書きたくないとか?」桑名が悪戯っぽく笑った。

「そういうわけじゃないですけど……」実際には「そういうわけ」だ。あの細かいデスクは、一度出した指示は絶対に忘れない。いつかは書くことになるだろうが、どうしてもきちんとまとめる自信がなかった。こうなったら、ＴＮＴにもう一度きちんと取材して、何か使えそうなコメントを引き出そうか。

「話を聞いた限りだと、今回は実害はないわけだ」

「ええ」

「でも、勝手に書かれた方は何となく気分が悪いだろうね。わざわざ否定するわけにもいかないし、結局無視して、ほとぼりが冷めるのを待つしかない……そんな感じで困っている人は、結構いると思うよ」

「ええ」

「例えば、千葉県内の会社や官公庁でも」

「あ、そうかもしれません」それなら調べられる、と思った。ツイッターの過去のつぶやきをチェックしてもいいし、知り合いに直接聞いてみてもいい。

「無責任なつぶやきやフェイクニュースにどう対処するか——実際、上手い手はないんだけど、対処に困っているというだけでもコラムにはなるじゃないか。二つか三つ、事例があれば書ける。そこに『千葉県の』という網をかければ、地方版のコラムには十分だろう」

「そう……ですね」ちょっと話をしただけで、桑名の頭の中では原稿ができあがってしまったようだ。さすがベテランは、引き出しが多いということか。「ありがとうございます。ツイッターの件は引っかかっていたんですけど、どう処理していいか、アイディアがなかったんです」

「じゃあ、アイディア料として飯でも奢ってもらうかな」桑名がにやりと笑った。

「えっ」佐藤は思わず固まってしまった。入社一年目、人に奢れるほど給料を貰っているわけではない。

「冗談だよ、冗談」桑名が声を上げて笑う。「君は、俺の息子でもおかしくない年齢なんだから。そんな若い奴から奢ってもらおうとは思わないよ」

「桑名さんの息子さん、何歳なんですか？」

「ああ、うちは子どもはいないんだ。だから、仮定の話」

「そうなんですか」

「ま、そのうち飯を食おうよ。俺もこの講座があるうちは、週に一回は千葉に来るから。千葉はあまり知らない街だし、何か美味い店ぐらい覚えて帰りたいな」

「じゃあ、どこか探しておきます」

「頼むよ……しかし、ＩＴ絡みの話は難しいよな」桑名がしみじみと言った。「俺も、かれこれ三十年近くネットを利用してるけど、記者の仕事との距離感を取るのが難しい」

「三十年？」

計算が合わない。インターネットが一般的になったのは、ここ二十年ほどではないだろうか。そう指摘すると、桑名が苦笑した。

「電話回線を使ったパソコン通信の時代まで入れると、三十年ぐらいになるんだよ。その時代のことは、君は知らないだろうけど」

「ええ」

「若いから、当たり前か」桑名が苦笑した。「こういうところから年齢を感じるね。IT関係の話は、とにかく疲れるんだよ。若い頃は、自分がいつも最先端をいっていないと満足できなかった。新しいデバイス、新しいサービス……でも、いつかそういうことに疲れてくるんだよな」

「何となく、分かります」

「根気も金も必要なんだ……まあ、そういう話は、今度飯を食う時にでもしようか。コラム、いい感じになるといいな」

今のところ、いいコラムになる可能性が高いとは思えなかったが。

4

自信はなかったが、とにかく突き進んでいかなくては何も生まれない。TCCでの取材を終えると、佐藤はすぐTNTに電話し、取材を申し入れた。朝方電話で話した春永が応対してくれたが、明らかに戸惑っている。

「つまり、偽情報で迷惑している人の話をまとめようと思っているんです」

「迷惑はしていますが、そういう話が広まると、それはそれでまた……悪戯している人が喜ぶだけじゃないですか？」

「そこはちゃんと糾弾しますよ。それに、御社の名前は匿名にしてもいいですし、他の所の話も入れる予定です」まくしたてながら、まだ「他の所」を見つけていないのだが、と苦笑してしまう。小さなはったりをかます度胸は、新聞記者には絶対に必要だ。

しばらくやり取りを続け、佐藤はようやく取材の約束を取りつけた。ここからTNTの本社までは車で二十分ほど。一時間取材して、支局へ戻って四時過ぎ……それからTCCの囲み記事を書いても締め切りには十分間に合う。頭の中で素早く計算して、佐藤は車に乗りこんだ。

千葉市の中心部を抜け、湾岸地帯へ。この辺りには大規模なプラントや工場が建ち並び、いかにも日本の重工業の中枢という感じがする。ここに本社を置いている会社も多いので、千葉支局では経済担当記者は結構忙しい。

ＴＮＴの本社は、数年前に新築されたばかりの十階建てのビルだ。佐藤は一度だけ近くに来たことがあるが、築三十年の東日の支局——一応自社ビルだ——に比べて、その新しさと規模の大きさに圧倒されてしまう。

広報部は七階にあり、全面が窓になっているので、陽光がたっぷり入りこんでくる。冬でも、暖房なしでも上着がいらないぐらいだろう。仕事がなく、電話もあまりかかってこない午後は、眠気をこらえるのが大変ではないだろうか。

広報部の一角にある応接スペースに通され、春永と相対する。春永はまだ二十代に見えるが、自分と比べるとずいぶんしっかりしているようだ、と佐藤は自虐的に思った。実際自分は、まだ成果を出していない——胸を張って自慢できるような特ダネは一本も書いていないのだ。

係長の石垣《いしがき》も同席している。こちらは三十代半ばぐらい。丸顔に笑みを浮かべているが、特段機嫌がいいわけではなく、普段からこういう愛想のいい顔つきなのだろう、と思う。二人相手……何だか話が大袈裟《おおげさ》になってしまったと思いながらも、気を取り直して佐藤は話を切り出した。

「昨日のつぶやきですけど、出所は分かりましたか?」

「当該のツイッターのアカウントは、もう削除されていましたよ」春永が打ち明ける。

「ピンポンダッシュの悪戯みたいなものですか?」

「出所がばれるとまずいと思ったから、削除したんでしょう」

「じゃあ、悪いことをしている意識はあったんでしょうね」

「こんなことをする人の心理はよく分かりませんけどね」春永が苦笑する。

「過去にも、こういう虚偽情報はあったんですか?」

「ありましたよ」石垣が口を出してきた。「過去三年で、五回ほど」

「五回? 多くないですか?」佐藤はメモ帳から顔を上げた。これだけ偽情報を流されているなら、それでコラムが書けるんじゃないのか?

「多いかどうかは分かりませんが、とにかく私たちが把握しているだけでもこれぐらいはあった、ということです」石垣がうなずく。「これ以前にもあったかもしれませんが、そこまでは把握していないんですよ」

「処置はしたんですか?」

「全て無視、です。どういうわけか、工場内で事故が起きたとか、火事が起きたとか、そんな話ばかりでしたけど、そもそも事実がないんですから」

「実害はあったんですか？」

「基本はありません。ただ、去年の秋——やはり工場内で爆発事故があったというつぶやきがあった時には、何本か問い合わせの電話が入りました。昼間のつぶやきだったので、問い合わせもしやすかったんでしょうね。他はだいたい深夜の時間帯で、問い合わせしようにもこちらにも人がいませんでした」

「嫌がらせだったら、昼間の時間につぶやくでしょうね」佐藤は話を合わせた。「それで電話での問い合わせを殺到させて、広報部を混乱させる……」

「特にそういう狙いではないと思いますけどねえ」石垣が言った。

「それで無視、ですか」

「相手にすると、向こうも調子に乗るかもしれませんから」

「無視が一番、なんですね？」佐藤は念押しした。

「まったくその通りです」石垣がうなずく。「だから、書いて欲しくないんですよね……」

佐藤はメモ帳を見返した。今のところ、キーワードになりそうなコメントは一つもない。

「同一人物ということは考えられませんか？」

「そこまでは分かりません」春永が首を横に振る。

か？」

「万が一ですけど、社内の人がやったとか……」
「まさか」石垣が即座に否定した。「そんなことをしても何にもならないでしょう」
「どんな会社にも、不満を持っている人はいると思いますけど――調べないんです
「社内の人間がやったとは考えられないし、調べる手間をかけるのも馬鹿らしいです
よ」石垣の口調に、少しだけ傲慢《ごうまん》な調子が滲《にじ》んだ。「広報には、他にもたくさんやる
ことがありますから」
「ありもしないことを『ある』と言われたら、迷惑ですよね……」とはいえ、相手に
すると偽情報を書きこんだ人間が面白がってつけあがるということか。確かに、こん
なことばかり考えていたらストレスになる。
「だから今後も、方針としては無視です。対応しません」石垣が宣言する。
「実害があった場合はどうするんですか？」
「それはその時に改めて対応するということで……まったく、厄介《やっかい》な時代になったも
のです。ツイッターも便利ではあるんですけどねえ」
佐藤はその後も二人を突き続けたが、使えそうなコメントは出てこなかった。会社
としては、悪戯を仕かけてくる人間について、論評すらしたくないということなのだ
ろう。問題視より無関心の方が、対応としては正しい――それも一つの考え方だ。と

りあえず、過去三年間で五回の偽情報がつぶやかれた、という情報だけは記事に盛りこめるだろうが。

どうも上手くいきそうにない。他にも偽情報を流された会社や官公庁で、「冗談じゃない」と激怒し、「法的措置を取る」と前のめりになっている人がいればいいのだが、上手い具合にそんな人が摑まる保証はない。この取材は失敗かな、と思いながら、佐藤はメモ帳を閉じた。

「ところで、実際に爆発はなかったんですよね？」

石垣と春永が顔を見合わせた。言葉が出てこない——即座に笑いながら否定されると思っていたのに、微妙に長い空白が生じた。結局石垣が「何もないですよ」と言ったものの、佐藤はかすかな違和感を抱いた。返事が遅れた。この二人は嘘をついているのか？　しかし、露骨に「本当に？」と再確認するのも間が抜けた感じがする。

「どうして火事や爆発に関する偽情報が多いんですかね」佐藤は話題を変えた。

「どうでしょう……うちがどうこういうより、近所の人が慌てふためくのを見たいのかもしれませんね」

「だったら、偽情報をつぶやいているのは、この辺の人なんじゃないですか？　実際にパニックにでもなれば、様子が見られるかもしれないし……でも、変な話ですけど、つぶやいた人間は、『煽《あお》り』が上手いわけじゃないですね」

「そうとも言えますね」石垣が苦笑する。「本当に誰かを騙《だま》そうとしたら、もうちょっと上手い手があるんじゃないでしょうか」

取材は一時間ももたなかった。こちらには手持ちの材料がない、向こうも話す気がないでは、取材が盛り上がるわけもない。ほぼ無駄足だったか、と後悔しながら広報部を出る。春永が、受付まで送ってくれた。

エレベーターの中で二人きりになったところで、佐藤はもう一度切り出してみた。自分と年齢が近いこの男なら、油断して本音を零すかもしれない。

「爆発は、本当になかったんですか？」

「爆発なんか、ないですよ」

「そうですか……爆発させるのが好きな人間はいるみたいですけどね」

そこまで話したところで、エレベーターが一階についてしまう。当然、会話もそこまでになった。

しかし佐藤が抱いていた違和感は少しだけ大きくなった。春永の台詞《せりふ》——「爆発なんか」。何となくだが、「爆発以外に何か起きた」と言っているようではないか？　考え過ぎだろうか？

二人がヒントをくれたわけではないが、この件はもう少し突っこんでみるべきかもしれない。

5

夕方、記事を書き上げると、次は所轄回り。まったく、警察回りは将棋の駒のようなものだ。あっちへ行ったり、こっちへ戻ったり……。

千葉市内には、警察署が五つもある。百万都市なので当然かもしれないが、警察回りは二人しかいないので、全部をカバーするのは大変だ。佐藤は五つの警察署のうち三つを担当している。そのうち一番大きいのは中央署で、泊まり勤務でない限りは、朝晩必ず顔を出して事件・事故の有無をチェックする。他の二つの署は電話で警戒したり、中央署を回り終えた後で足を運ぶことにしている。所轄を回っていない時には、県警本部に上がって警戒と幹部への顔つなぎ——ネタ元を作るには、とにかく体を動かすしかない。身も心も休まる暇がなかった。

中央署はもう、当直体制に入っていた。昔は、記者は各課に平気で出入りできたようだが、今は所轄の二階から上へは上がらないように、という原則が徹底されており、佐藤も一階以外で取材したことはない。取材は、一階にいる副署長が全て対応する——とはいっても、他の課長や署員を無視はできない。こういう人たちと知り合うには、当直に入ってからの時間帯が大事なのだ。所轄ではローテーションを組んで泊まり勤務を行い、課長が泊まり班のキャップになる。だから毎晩当直の時間帯に訪問すれば、課長全員と顔を合わせることになる。夜間の事件・事故の広報対応は泊まり班のキャップが行うのが慣例だから、夜の時間帯には顔つなぎが可能なのだ。

今日は、特に仲のいい地域課長の荒木《あらき》がキャップだった。刑事課や生活安全課に比べれば、捜査の第一線に出ることは少ないが、愛想がいい人は多い。「地域のお巡りさん」として親しまれる必要があるから、そういう風になるのかもしれない。

荒木は五十絡みの警視で、常に笑顔を絶やさないタイプだった。趣味はマラソン。三十代から始めて、今も年に二回か三回は大会に参加するというベテランランナーだ。夢はホノルルマラソンへの参加。「あんたも一緒に走らないか」とよく誘ってくるのだが、佐藤はその都度曖昧《あいまい》に笑って誤魔化していた。純粋文系の人間で、体育の授業以外では走ったこともない。マラソンを走ることになったら、スタートから五分で棄権《きけん》するだろう。

「今日は何もないよ」荒木が軽く先制パンチを放った。

「毎日のように事件はないですよね」佐藤は警務課の空いた椅子に腰を下ろした。泊まり班は、いつも警務課で待機することになっている。

「今日ばかりじゃなくて、最近はずっと開店休業の状態だ……あんたらも、暇で困るだろう」

「警察官と新聞記者は、暇な方がいいんじゃないですか」

「事件がないと、記者さんは成長しないっていうけどね。あんたもまだ一年生なんだから、どんどん事件が起きて取材できた方がいいんじゃないの？」

「一生事件取材をするわけじゃないですから」言ってしまってから、こういう言い方は嫌われるかもしれない、と悔いる。多くの新聞記者は、入社して最初の一年しか事件取材をしない。警察官から見れば、次々に担当記者が入れ替わるわけで、警察への取材が軽く見られていると思うのではないだろうか。

地方支局での警察回りは、記者の第一歩としての「修行」であり、その後記者は様々な分野に流れていく。初年度の経験をその後も活かせるのは、社会部に行く連中ぐらいだろう。社会部に行けば、今度は東京で警察回りを経て、警視庁や警察庁の担当として本格的な事件取材を続ける記者も多い。だがそれはごく一部で、多くの記者は政治部や経済部、外報部に配属されて、それぞれの専門分野で取材活動を続けていくことになる。事件取材が、他の取材にどう生きるのか、佐藤にはさっぱり分からなかった。

「まあ、こういう時は暇ネタでも集めるんだね」説教するように荒木が言った。「事件・事故ばかりじゃなくて、たまには心温まる話を読みたいもんだ」

「ぎすぎすした世の中ですから、そういう話はなかなか見つからなくて……変な話で空回りしてばかりですよ」

「変な話？　何かあったのか？」

荒木が声を潜める。泊まり班の他の人間が近くにいないのを確認して、佐藤は小声で昨夜からの一連の出来事を話した。世間話のつもりが、途中から荒木の眉間の皺《しわ》が深くなり始める。何か知っているのでは、と佐藤は疑った。

「ちょっと失礼」

荒木が立ち上がった。手刀を切るように右手を上下させ、腰を低くしたまま佐藤の前を通り過ぎる。トイレ……荒木の意図を察して、佐藤は少しだけ間を置いてから彼の後を追った。他の警官たちは一連の動きに気づかないか、あるいは気づいていても無視している。

荒木はトイレの前に立っていた。腕組みをして、どこか不機嫌な感じ……眉間には深い皺が寄ったままだ。

「今の話だが、ニュースにはなってなかったな」

「ニュースになるもならないも、そもそも爆発なんかなかったそうです」

「直接取材したのか？」

「ええ、広報に……会社として正式に否定しましたよ」

「現場を見たわけじゃない？」

荒木の言葉の意味をはかりかね、眉をひそめたまま、佐藤は首を横に振った。だいたい、何も起きていないんだから、現場があるわけないじゃないか。

「実際に現場を見て、そこで判断すべきじゃないかね」

「しかし、当事者が否定してるんですよ？」

「当事者が必ず本当のことを言うと思うか？」荒木がゆっくりと腕組みを解いた。「当事者だって嘘をつく。都合の悪い事実なら隠す。いくら新人記者でも、それぐらいのことは分かってると思うが」

「ちょっと待って下さい」佐藤は荒木に一歩詰め寄った。「本当は何かあった、ということですか？」

「記事になるかどうかは分からないよ」荒木が声を潜め、視線をうろつかせた。今のところ、トイレに近づいて来る者はいない。「だけど小さな爆発――ではなく火災はあったようだぞ」

「マジですか」佐藤は目を見開いた。

「ＴＮＴ本社工場の第四プラント。そこのコントロールルーム付近で、昨夜ぼやが発生したのは間違いない」

まさか……佐藤は言葉を失った。「ぼや」程度のことだったら、ＴＮＴ側も隠す必要はないではないか。消防が出動しなかったのは事実で、自分たちで消し止め、実害が何もなかったとすれば、隠す意味があるとは思えない。隠してバレたら、むしろ「何かあったのだろう」と疑われるとは考えなかったのだろうか。

「その情報、間違いないんですか」

確認してから、失礼な言い方だったと後悔する。しかし荒木は、特にむっとした様子を見せなかった。

「間違いない——警察として正式に調べたわけじゃないが、情報は入ってきている」

「じゃあ俺は昨夜、警察にも騙されたんですね？　あるいは隠されたというべきか」

「昨夜って、何時頃だ？」荒木が口調を変えずに訊ねる。

「一時過ぎ……もう一時半でした」

「その頃は、まだ警察にも情報は入っていなかった。つまり、正式な通報はなかったということだよ。今日になって、外勤の警官が聞きこんできて、会社にも確認した」

「でも、正式には調べていないんですね？」

「確認だけはさせたよ」荒木が微妙に話を修正した。「確かに、壁に焼け焦げた跡があった。ただし、被害と言うほどじゃない。怪我人もいなかったし、壁紙を貼りかえれば済む程度だった」

「火が出るような場所だったんですか？」

「漏電《ろうでん》の可能性があるが、正直、分からない。TNTの方で、綺麗に片づけてしまっていたから、鑑識が入っても何も分からないだろう。で、実害がなかったから、刑事課でも捜査はしないことになった」

「放火の可能性もあるんじゃないですか」

石油プラントだから、常に火事が起きる可能性はある。しかしコントロールルームはどうだろう。日常的に火を使うようなことはないはずで、火事になるとは考えにくい。漏電の可能性もあるが、石油を扱う会社が、そういう整備をきちんとしていないはずがない。

「とにかく、警察の判断としては捜査はしない」

「しかし……」

「これ以上は何も言えないよ。この情報をどう扱うかは、あんたが自分で考えればいい」

「――課長は、何かあったと思いますか？」

「さあね」荒木が肩をすくめる。「俺は刑事じゃないし、現場も見ていない。判断できるだけの能力も材料もないからね」

佐藤は、これ以上荒木に突っこむつもりはなかった。彼がネタをくれたのは間違いないのだから、ここは感謝して終わりにすべきだ。もしかしたら、記者になって初めての特ダネになるんじゃないか？

よし、とにかく確認作業を始めよう。もう一回TNTに突っこんでみるつもりだが、事実関係を認めるかどうか――たぶん、認めないだろう。一度否定してしまった以上、それをひっくり返すのは相当大変だ。「嘘をついていた」と認めるのは、どんな状況でも難しい。一つの手としては「広報は把握していなかった」という逃げもあるが……この段階で直接ぶつけたら駄目だ、と佐藤は決めた。気持ちは前のめりだったが、まずは他の証拠を探さなくては。少なくとも二ヵ所で確認が取れれば、TNTに対しても強く出られる。

もう一ヵ所は――消防だ。警察よりも対応がいい消防なら、何か情報をくれるかもしれない。

しかしこの目論見は上手くいかなかった。翌日、佐藤は消防局を訪ねて通報の記録をチェックしたのだが、やはりTNTからの一一九番通報はなく、現場に出動していないことが分かっただけだった。消防は基本的に嘘は言わない。警察のような「捜査の秘密」があるわけではないから、新聞記者に対して情報を隠すようなことはないのだ。

困ったな……このままではTNTに突っこみようがない。

諦めるか。コラムの方は何とかまとめるとして、本筋の記事は書かない。その方向で行くしかないと分かっていたが……もったいない。初めての特ダネは手からすり抜けてしまったのだろうか。

そして日曜日、佐藤は早朝から「抜かれ」を知らせる電話で叩き起こされた。

6

「亜紀良？　火事の件、新報に出てるぞ」

「ああ？」佐藤は思わず寝ぼけた声を出してしまった。朝七時、電話をかけてきたのは同期の足尾だった。もしかしたらこの前の意趣返し――夜中にＴＮＴに確認に走らせたことを未だに根に持っているのではないかとも思ったが、狙って「抜かれ」の連絡ができるわけではない。

「確認する」

短く言って電話を切り、ベッドから抜け出す。参ったな……本来は、今日は休みなのだ。久しぶりに掃除と洗濯をしようと思っていたのに。大量の新聞が積み重なった床を見て、うんざりした気分になる。全国紙全紙、それに地元紙を購読しているので、ちょっと気を抜くと溜まる一方なのだ。少なくとも月に一回は、新聞をまとめて処分する必要がある。

小さなアパートなので、新聞は玄関ドアの郵便受けにまとめて突っこまれている。

最初の方にきた新聞は、後の新聞に押されて玄関に落ちているのが常だった。いつも最初に配達されるのは日本新報……佐藤は一番下になった新聞を取り上げ、後ろのページから紙面を広げた。

あった。マジかよ……顔から血の気が引くのを感じる。

見出しが一段のベタ記事——ともすれば見逃してしまいそうな大きさの見出し、記事の長さだが、抜かれたのは事実だ。佐藤は立ったまま記事に目を通した。

TNT工場で火災

8日午前0時頃、千葉市中央区《ちゅうおうく》新浜町《にいはまちょう》のTNT本社工場の第4石油プラント管制室で火災が発生、壁などを焼いた。怪我人などはなかった。中央署で原因を調べている。

火災発生当時もプラントは稼働中で、管制室には社員が詰めていた。

こんなものか……と思いこもうとしたものの、胸がざわつく。抜かれは抜かれ。何度か経験していたが、毎回吐き気を感じる。今回は、途中まで追いかけていた事件だけに、さらに気分が悪い。ベッドに腰かけ、記事を読み返して、どうするか考えた。

デスクの新藤やサツキャップの古谷《ふるや》が見逃すわけがないが、追いかける指示が出るかどうか。この程度の記事なら無視してしまってもいい——というのは、抜かれた記者の勝手な言い訳か。

「これは、無視でいいんじゃないかな」独り言を言って、スマートフォンを取り上げる。支局に電話をかけ、足尾と話した。

「この記事のこと、キャップかデスクに話したか？」まず、そこを確認した。

「いや、まだ」足尾があっさり答える。

「とりあえず、裏だけ取るよ。追いかけなくていいと思うけど……」警察が調べているという一節があるのだから、裏の取りようはある。荒木は「調べていない」と否定していたが、彼が嘘をついているとは思えない。たぶん、あの時から状況が変わったのだろう。何かしら動きがあって、刑事課が動き出した、と考えるべきだ。

「一応キャップには話しておくから」足尾が言った。

「頼む」

「これ、この間の一件だよな？　俺が見た限り、火事なんか起きてなかったぞ」

「だから、工場の中のぼや程度だったんだろう。外から見て分かるような火事じゃなかったんだよ」何だか言い訳めいているなと思いながら佐藤は言った。ただ頭の中で、「放火」の可能性が急に膨れ上がってきた。後追い記事を書くとしても、火事の原因は重要だ。失火と放火では重みが違う。ただ後追いするだけでなく、原因を「放火だ」と突っこめれば、堂々と書けるだろう。

「取材は任せちゃっていいんだよな？」

「ああ」

足尾は基本的に熱心な記者だが、簡単に他人の面倒を見るようなお人好しではない。先日わざわざTNTまで出かけてくれたのは、「もしかしたら大きな工場火災の記事を書けるかもしれない」という計算があったからだろう。今回の抜かれは佐藤だけの責任……ここは自分で処理するしかない。

電話を切り、佐藤はさっそく裏取りを始めた。まず、中央署に電話を入れる。今日の当直責任者は誰だったか——まだ幸運は去っていなかった。火災の捜査を担当する刑事課長の丸井《まるい》が電話に出た。

「日曜のこんな時間にどうした」丸井は不機嫌だった。

まだ新聞を読んでいないのか、あるいはとぼけているのか……佐藤は、丸井の性格をまだ摑めていなかった。曖昧な話をするわけにもいかず、きちんと新報の記事の話をする。

「そんな記事が載ってたのか？」

「課長のところに当ててこなかったんですか？」

「俺は何も聞いてないぞ」

これも本当かどうか……しらばっくれられても、佐藤には裏の取りようがない。ただ、所轄ではなく、本部の捜査一課辺りから話が漏れてもおかしくはない。大した火事でないとはいえ、所轄から本部に報告ぐらいは上がるから、その情報を記者が聞き出した可能性はある。その推測をぶつけると、丸井が不機嫌に答えた。

「どこから話が出たか、俺は知らないね」

「実際、調べているんですか？」本当の問題はこれだ。警察が捜査に乗り出しているとなったら、やはり記事にする必要はあるだろう。

「何をもって調べているというかだな」

「禅問答ですか？」

「そういう意味じゃない」丸井がますます不機嫌になる。「型通りに人に話を聴いたり、現場を調べたりはする。ただ、そういう作業は終わっている」

つまり、先日荒木に聞いた時と、状況は変わっていないわけだ。一通りの捜査はしたが、「事件性は分からない」という結論を出して終了——だったら新報の記事は、一部が誤報だったのか？　いかにもまだ、警察が捜査中のような書き方だったが。

「今後も捜査は続けるんですか」

「そんなこと、電話で話せるか」

「そっちへ行ったら話してもらえるんですか？」佐藤はさらに突っこんだ。

「捜査の方針について、話せるわけがないだろう」

「放火の線はないんですか？　火の気がある場所じゃないと思いますけど」

「それは分からない――もういいか？　朝はいろいろ忙しいんだ」

課長は電話を切ってしまった。

簡単に裏が取れそうだったのに――「捜査中」の一言をもらえればよかったのだ――事態は少し複雑になってしまった。

クソ、このまま尻尾を巻いて逃げ出すわけにはいかない。大したことじゃないと思いながらも、佐藤はむきになり始めていた。今度は本部の人脈を頼るか……日曜の朝に電話をかけるには勇気がいるが、思い切って捜査一課の幹部級の刑事に次々と電話を入れる。この手は何回も使えない。こちらを信用して携帯の番号まで教えてくれる刑事など、ほとんどいないのだ。本当は直接訪ねて話すべきで、電話を使うのは本当の非常時だけ――この話に、信用問題をかけるだけの価値があるかどうかは分からなかった。

それでも一時間後、佐藤は警察は実際にはもう捜査していない、という確証を得た。とはいえ、まったく事件性がないとして放置したわけでもない。一応、調べるだけは調べて後は様子見、ということのようだ。これはつまり、「捜査している」と言っても問題がない状態だろう。結果的に、新報が間違ったわけではない。

　これならすぐに記事にできる。後はデスクとキャップの判断次第だ。

　佐藤は、朝飯も抜きで洗濯を始めた。記事を書くために支局へ行かなくてはならないかもしれないので、とりあえず溜まった洗濯物だけは片づけてしまいたい。まったく、忙《せわ》しないんだよな……溜息を一つ吐いてから、今度は新聞を片づけ始める。ゆとりある暮らしなんて、夢のまた夢だろうな。しかし、先輩たちによると、「これでも昔よりは楽になった」。特に新藤の話では、二十年前には新人記者には「休み」という概念がなかったらしい。何もない時にはどこかでサボっていても構わないが、基本は二十四時間待機。今は世間がいろいろ煩くなったので、そういうわけにはいかないが、実態は二十年前とほとんど変わっていないはずだ。一応、ダイヤには「休」の字がついているのだが、事件でもあれば当然吹っ飛んでしまう。今日がまさにそうなのだが、それにしてもこの程度のことで支局に行くのは苦痛でしかない。

　こんな仕事を永遠に続けていかなくてはならないのだろうか、と最近考えている。そもそも、こんなに動き回る仕事だとは、入社前には想像もしていなかった。電話でもメールでもネタは取れるはずなのに、先輩たちの指示は常に「現場に足を運べ」。警察官だって他の取材先だって、そんなに頻繁に記者が顔を出したら迷惑だろうと思うのだが……とにかくすり減る毎日だ。

昼前に支局に上がる。日曜日で夕刊もないので、平日に比べればのんびりとした雰囲気だった。足尾はソファにだらしなく腰かけて週刊誌を読んでいる。今日だけ代理でデスクに入るサツキャップの古谷も来たばかりのようで、コートをハンガーにかけていた。佐藤に気づくと、パッと両手を広げて見せる。

「十行な。書けるだろう？」

「裏は取れました」

「会社のコメントは？　それがあれば、もうちょっと長く書いてもいいぞ」

「会社の方はまだなんですけど……」日曜日には広報部のスタッフも出勤していないはずだ。しかし念のためにと思って電話を入れてみると、春永が出た。一瞬ぎょっとしたが、新報に書かれたので、各社からの問い合わせ対応で出て来たのだろうと想像した。同時に、最後に話した時の彼の微妙な物言いを思い出す。「爆発なんか、ないですよ」。妙な間の開き方。彼は何か隠していたに違いない。ただ、それについてはあまり突っこまないようにしようと決めた。そこで話が滞ってしまっては、取材が進まない。

「今朝の新報の記事なんですが、事実なんですか？」

「事実です」

「つまり、この前は……」

「広報で事態を把握していませんでした。申し訳ありません」謝ったが、素っ気ない言い方だった。

「工場の方から情報が上がってこなかったんですね？」

「そういうことです」

これが本当かどうかは……詮索し出すときりがない。佐藤は、自分ではさらりとしたタイプだと思ってはいるが、話が途中で別の方向へ向いてしまうのは我慢できないのだ。多少引っかかることがあっても流して、本筋の話を聴きたい。

結局、火事の様子について詳しく聞き出すことには成功した。出火元は、実際にはコントロールルームの「中」ではなく、「外」の廊下部分。荒木は「壁に焼け焦げた跡があった」と言っていたが、彼は直接現場を見たわけではない。内側と外側を取り違えていただけだろう。廊下の壁にコンセントがあり、その辺が特にひどく燃えていた。漏電の可能性もあるが、はっきりしたことは分からない、というのが春永の説明だった。ということは、放火の可能性も捨てきれない……。

「警察の方はまだ調べているんですか？」

「いえ。最初に現場を見ましたけど、それきりです。実際には被害がないということで、そんなに熱を入れて捜査はしていないようですよ」

「社員に事情聴取とか？」

「それもないです。あの、書かれてしまったので仕方ないんですけど、実害はほとんどなかったですからね。壁が少し黒くなっただけで、もう修復も終わりました」

「そのコンセントは、普段から使っていたんですか？」

「廊下の掃除をする時などに、掃除機の電源として使っていたようです。毎日使うようなものではないですね」

「普段使っていないところから火が出るものですか？」素朴な疑問。やはり放火ではないか？

「それはちょっと分かりません。私も火災の専門家ではないので……よろしいですか？　別の電話が鳴っていますので」

「お手数でした」

これで裏は取れたことになる。しかし何となくはっきりしない……本当に火事なら、警察ももう少し熱を入れて調べるはずだ。放火の疑いがないわけではないだろう。火の気のない屋内で突然出火したら、まずそれを疑うのが自然だ。単に、TNT側が勝手に片づけてしまったので現場が「汚染」され、鑑識でもまともに証拠が採取できなかったのかもしれない。だとしても、会社への事情聴取ぐらいは行うはずだ。

記事に取りかかる前に、古谷に相談してみた。

「一目見て分かったんじゃないかな」古谷が簡単に言った。

「そんなものですか？」

「一課には、火災の専門家もたくさんいるんだよ。そういう連中は、現場の様子を一目見ただけで、失火か放火か判断できる。まあ、会社の中で火事と言っても、大事じゃなかったから、実質的に捜査はしてないんだろう。原稿は短くていいぞ。これぐらいならネットでも使わないだろうから、ゆっくり書けばいい」

古谷はまったく乗り気にならなかった。急がなくていいというのはありがたい限りだったが……記事は、新聞に載せる前にネットに掲載するのが基本だ。ネットがなければ、朝刊、夕刊の締め切りだけを気にしていればいいので、それなりに余裕を持って記事を書ける。ところがネットへの記事掲載は急かされる。同じ内容でも、他社よりも一分でも先駆けて——ということだ。

新聞記者になったのに、新聞ではなくネットに気を遣わなくてはいけないとは。

そういう時代なのかもしれないが、どうにも釈然としなかった。

7

記事を書き終え、ネットサーフィンをしている時に、佐藤は予想もしていなかった情報にぶつかった。今回もツイッター。TNTの火事絡みで、しかも写真つきだった。

「何だよ、これ……」

確認すると、オリジナルのつぶやきは昨日の夜だった。おそらく新報の記者がこれを見つけ、記事にしたのだろう。

つぶやいたのが誰かは分からない。プロフィールの画像はツイッターの標準ロゴ。個人情報は何も記載されていない。フォロー、フォロワーともにゼロ。「いいね」が二十だけあった。前に火事のことを伝えたツイッターのアカウントは消されてしまっていたので、佐藤は念のために画面のデータ、さらにスクリーンショットを保存した。

この写真が本物だとすれば、火事は実際、深刻なものではなかった。コンセントの辺りが黒く焦げ、炎の形に縦に長い三角形に壁が焦げているだけだ。炎の高さは一メートルにも満たなかっただろう。一瞬炎が燃え上がって壁を焦がしたものの、すぐに消し止められたということか。実際、廊下の床は消火器の泡で濡《ぬ》れている。火事が消し止められた直後に撮影された写真……TNTの社員が撮影したのは間違いなく、この写真をアップしたのも同じ人間だろう。

これは——問題があるのではないか？　TNT側から見れば「情報漏洩」になるは

ずだ。会社ではこの事実を掴んでいるのだろうか……佐藤は受話器を取り上げ、またTNTの広報に電話をかけたが、今度は誰も出なかった。既に午後二時。日曜だし、もうマスコミ対応は終わったと判断して引き揚げたのだろう。朝刊を見て慌てた各社の確認作業も、とうに終わっているはずだ。

このつぶやきは、どうにも引っかかる。念のため、キャップの古谷には話した。

「要するに、内部の人間が迂闊《うかつ》に情報を漏らした、ということか」

「でしょうね」

「どうしてそんなことを？」

「不満分子、ということですかね……」言ってみたものの自信はない。

「生《なま》で書く話じゃないか……でも、放っておくのももったいないんじゃないか？」

「こんな話、書けないいんじゃないですか？」

「お前、デスクからコラムを書くように言われてただろう？　あれに盛りこんだらどうだ？」

言われて、頭の中で素早く記事をまとめようとした……が、どうにも上手くいかない。この件で、TNTに問題があったかどうかは、微妙なところだ。現場の写真が流出したのは、社員の個人的な資質——意識の問題。大きな枠で考えれば、原稿にならないわけでもないが、果たして地方版の記事として相応しいかどうか。

「ちょっと考えてみます」佐藤はさっと頭を下げた。今日はもう引き揚げて、家でじっくり考えよう。仕事のことを考えるのに、支局や県警の記者クラブにいる必要はない。むしろ仕事と関係ない場所で考えることで、想像もしていなかったアイディアが出ることもある。

「それと」古谷が引き留めた。「ツイッター、ケアしておけよ。もしかしたら、また新しい情報が上がるかもしれない」

「……そうですね」

「この件、まだ根っこが深そうな気がするんだよな」古谷が訳知り顔で顎を撫でた。

果たしてそうだろうか。この写真をアップした人間は、ごく軽い気持ちでやったのではないか？　たまたまいい写真が撮れたので——確かに悪くない構図だ——つぶやいてやろうと考えてもおかしくない。後先のことを考えずに、軽い気持ちでやってしまうのは、最近では珍しくもない。ネットは開かれた「メディア」であり、人目に触れない私的な日記ではないことを理解できていない人間が多過ぎる。

支局を出たものの、何となく自宅へ帰る気がなくなってしまった。車を転がして、そのまま中央署へ向かう。当直が交代して、刑事課長の丸井はもういない……話せる相手もいないので、狭い記者室へこもり、ぼろぼろのソファに横になった。気になって、寝転がったままスマートフォンを取り出す。先ほどのツイッターアカウントはまだ生きていたが、新しいつぶやきはない。フォロワーもゼロのまま。

よく分からない話だ。ツイッターでつぶやく人は、多かれ少なかれ、誰かに読まれることを期待しているだろう。つぶやいても無視されたら、虚空に向かって叫んでいるようなものだ。この写真をアップした人間は、新報がチェックして記事にしたことをどう思っているのだろう。いや、そもそも新報がこのつぶやきを見たかどうかも分からないのだが。

気づくと、いつの間にか寝てしまっていた。日曜とあって記者室には暖房も入っておらず、思わず身震いして目が覚める。くしゃみを一つ。風邪を引いたかもしれないと心配になった。

まったく、馬鹿馬鹿しい……貴重な日曜日を、所轄の記者室でうたた寝して潰してしまうとは。いい加減、家に帰ろう。短い記事に問い合わせがあるとも思えないし、今日はもう支局に顔は出さなくていいはずだ。

寒いところで寝てしまったせいか、かすかに頭痛がする。起き上がって思い切り伸びをすると、力が入ってさらに頭痛がひどくなる。

今日は本当についていない。ちょっと気分転換したいところだが、上手い手を思いつかなかった。支局へ来てから一年近く、千葉に同年輩の友人はいない。つき合っているのは取材先の警察官ぐらいで、自分の世界がどんどん狭くなっている感じだった。休みの日だからといって、東京へ勝手に遊びに行くわけにもいかないし、映画などで時間を潰すのも気は進まない。元々佐藤は無趣味な人間で、暇な時間を潰すのは苦手だった。もう一度家で掃除をするか、あるいは溜まっているスクラップの整理でもしようか。

記者室を出たところで、丸井と出くわした。何となく気まずく、さっと一礼しただけで立ち去ろうとしたが、声をかけられたので立ち止まらざるを得ない。泊まり明けなのに帰っていなかったのだろうか？　いや……一度家に帰って、何か用事があってまた出て来たに違いない。ノーネクタイでジャケット姿という、幹部警察官にしてはラフな格好なのだ。課長がスーツにネクタイ姿でないと、部下に示しがつかない。忘れ物を思い出して、ちょっと立ち寄っただけだろう。

「あの件、記事にしたのか？」

「ご想像にお任せします」

「お、一丁前の口を利くようになったじゃないか」丸井が皮肉を飛ばす。元々記者に対して当たりが強く、いつも馬鹿にするような態度を取る人なのだ。

「新報は、どこからネタを拾ったんですかね」思い切って訊ねてみた。

「さあね。新報の記者に聞いてみたらどうだ？」

「そんなこと、聞けませんよ」

「俺に聞くのは筋違いだ」課長が苦笑する。「ま、とにかくお疲れだったね。どんなに小さな記事でも、抜かれるってのは嫌な気分だろう？」

まったく、この人は……つい言い返してしまった。

「警察の人には分からないと思いますよ。何しろライバルがいないんだから」

「そりゃそうだ。警察にライバルがいたら変だろう」

丸井がさらりと流す。この人をやりこめるのは、自分には永遠に無理な気がした。ネタ元にするのも無理だろう。何だか、人間としてリズムが合わないのだ。

「この件、本当にもう捜査しないんですか？　ただの失火なんですか？」朝からずっと疑問に感じていたことを口にする。

「失火じゃなければ何なんだ」

「放火」

「根拠は」課長の目つきが鋭くなる。

「現場は、火事が出るような場所じゃありません。漏電かもしれませんけど、コンセントを使っていない状態で火が出ますかね」

「ほう、あんたも火事についてはずいぶん勉強したようだな。殺し三年、火事八年とかいうけど」

マスコミ業界の古い教訓だ。殺しの犯人を捜すよりも、現場がすっかり燃え尽きた火事の原因を究明する方が難しい。当然、取材するのも火事の方が大変だ――という意味である。

「あの廊下に、監視カメラは――」

「さあ、どうかな」課長が佐藤の質問を乱暴に遮《さえぎ》った。「とにかく、焦らないことだな。急いては事を仕損じる――このことわざ、知ってるか？」

「知ってますよ」むっとして佐藤は答えた。

「何かあれば、副署長がちゃんと発表するだろう。それまで待ってればいいんだ」

人任せで特ダネが書けるわけがない――しかし、こんな話題で刑事課長とやりあっていても意味はない。佐藤はすっと頭を下げて、その場から立ち去った。

最後は警察官にからかわれて終わる……最悪の日曜日だ。

8

ツイッターの動きが気になり、翌日も朝六時に目覚めてしまった。何もなし……アカウントは削除されていなかったが、相変わらずフォロワーもおらず、何人の人間がこのつぶやきを目にしたか分からない。リツイートもされていないから、拡散してないと考えていいだろう。まあ、もう新聞にも出てしまった話が、改めてネットで拡散することに何の意味があるか分からないが。

東日を広げ、地方版の片隅に自分が書いたベタ記事が載っているのを確認する。この記事をスクラップすることを考えて、うんざりする。どんな記事だったか後で思い出すために、簡単に取材経緯などを書きこむようにしているのだが、この記事については「新報に抜かれ、後追い」と書かねばならない。そういう記事は、見返すたびに屈辱《くつじょく》を思い出して落ちこんでしまう。

この火事については、東日以外に追いかけている社はなかった。わざわざ日曜日に駆けずり回って、こんな短い後追い記事を書く意味があったのだろうか、と佐藤は一人首を傾げた。特ダネと言ってもベタ記事、無視してもよかったのではないだろうか。原因まで盛りこめればよかったのだが。

さて、今日からは通常運転だ。まずはいつも通り、中央署に顔を出して朝の挨拶回り。

何となく気分を一新したくて、普段は浴びない朝のシャワーを使った。今日も最低気温は零度近く……風邪をひかないように、入念に髪を乾かしているうちに、時間がなくなってしまった。午前八時、まだ昨夜の当直体制のうちに顔を出して、事件・事故の有無をチェックし、その後副署長としばらく雑談を交わすのが日課だが――今日は朝食抜きだ。まず署に顔を出して、朝食はその後にしよう。

中央署はJR千葉みなと駅のすぐ近くだ。近くには市役所や入管の千葉出張所、千葉銀行の本店などがあり、千葉県の一つの中心になっている。駐車場に車を停めた時には既に午前八時。佐藤は急いで署に駆けこんだ。

昨夜は、記事にすべきようなことはなかったようだ。物損の交通事故が一件だけ。内容を精査したが、無視していい。物損事故や軽傷の人身事故でも、当事者が著名人だったりすると、書く必要があるのだが……。

佐藤は一度、危うく記事を落としそうになったことがある。千葉を本拠地にするJリーグチームの元選手が、千葉市内の県道交差点で、横断中の七十二歳の女性をはねてしまい——実際には「ひっかけた」程度だったらしい——軽傷を負わせたのだが、サッカーに興味がない佐藤は、その選手の名前を知らなかったのだ。実際は、日本代表に選出されたこともある有名選手で、去年のシーズンを最後に現役を引退したばかり。当然ニュースバリューはあり、他紙のネットニュースで出たのを、本部に詰めていたキャップの古谷が気づいて、結果的には夕刊に間に合って事なきを得たのだが……。

こっぴどく怒られた佐藤は、すぐに中央署の副署長に話を聞きに行った。事故の発表では、職業は「会社役員」。引退後にレストランなどを経営する会社を立ち上げたので、この肩書きは正しいのだが、そんなに有名なサッカー選手だったら、一言言い添えてくれてもよかったのではないか。そう抗議すると、副署長は呆れ顔で、「千葉県民なら誰でも知っている人だよ」と言ったものだ。佐藤は栃木《とちぎ》県出身、東京の大学に通っていて、東日に入るまで千葉県に足を踏み入れたことすらなかったのだが。以来、単純な事故でも、当事者の正確な肩書きをしつこく確認するようにしている。

あの頃は、今よりもずっと未熟だったよなあ……。

しかし今日は、記事になりそうなネタはなし。TNTの火事について副署長と話してみたが、特に新しい材料は出ていないようだった。この副署長は、記者に対してあまり愛想はよくないのだが、嘘はつかない。捜査上まだ秘密にしておきたいことがあれば、「言えない」とはっきり宣言する。火事に関しては「特にない」「報告が上がっていない」。刑事課がどう対応しているかは未だによく分からないが、上に話すほどの内容はない、ということだろう。

さて、朝食にするか。ちょっと悩ましいところ……この辺にはコンビニエンスストアやコーヒーショップが何軒もある。佐藤にはそういう店の方が馴染みだが、署のすぐ横にあるホテルで豪勢な朝食ビュッフェを摂ろうか、と一瞬だけ考えた。何かいいことがあった時に食べようと思っているのだが、実際は今まで一度も店に入ったことがない。つまり、記者になって、いいことがまだ一つもないわけか……何度も抜かれた口惜しさだけが記憶に残っている。

結局、コンビニエンスストアのサンドウィッチとコーヒーに落ち着く。この百円コーヒーが馬鹿にならないんだよな、と自分を慰めながら、駐車場に停めた車に戻って侘《わび》しい朝食を始める。

狭い車の中でサンドウィッチを齧《かじ》りながら、家から持ってきた新聞を広げる。各紙の地方版はチェック済みだったが、他の面はこれから……地方版ではなく社会面で抜かれていることもあるから要注意だ。

乱暴にページをめくりながらチェックを進めていく。読み終えた新聞は、畳んで後部座席に放り投げる——こんな風に車の中で新聞を読むことも多く、後部座席は古い新聞を中心にゴミ箱のようになっていた。この車に乗る人間はほぼ自分一人だから、どんなに汚くてもいいのだが……さすがにちょっと人目も気になる状態だ。目の前のコンビニエンスストアには申し訳ないけど、ここで何部か捨てていこう。

各紙のチェックを終え、東日に戻る。先輩たちがどんな記事を書いているか、常に読んでおくこと、と佐藤は教わっていた。中にはやはり「名文家」もいるから、文章修業の参考にするといい——しかし佐藤は、これまで思わず唸《うな》らされるような言い回しに出会ったことがない。新聞記事は所詮新聞記事、文章をじっくり味わうものではないということだろう。

新聞を入念に読み、大カップのコーヒーを飲み干した時には、午前九時近くになっていた。まずい、まずい……先週ちょっとご無沙汰していた他の署に回らないと。行って歓迎されるわけではないが、顔を出していないとすぐに忘れられてしまう。千葉支局の警察回りが担当しているのは、千葉市内の警察署だけではない。近隣の警察署も取材対象だ。佐藤は市原《いちはら》署も担当しているので、午後にはそちらへ顔を出すつもりだった。まず、東署と南署に行く――それだけでも、午前中が潰れてしまう。どうして毎日、こんなに時間に追われるのだろう。

その前にツイッターのチェックだ。午前九時に動きがあるとは思えなかったが、念のため――新しいつぶやきがあった。今回も写真つき。思わず「マジかよ」と声を上げてしまう。

どうやらこいつが放火犯らしいよ。

短いつぶやきに添えられた写真は、壁に張り出された一枚の紙だった。馴染みのない……いや、これは人事の発表だ。社内用の電子掲示板で見た記憶がある。写真を拡大し、内容を確認した。

製造第四部管制課主任

羽多野雅夫《はたのまさお》
休職処分とする

佐藤は慌てて写真を保存した。これは……複数の要素が瞬時につながる。
暇ネタを探して所轄を回っている場合ではない。エンジンをかけると、佐藤はすぐに車を出した。行き先はＴＮＴ。裏が取れれば、夕刊に間に合う。自分の推理が正しければ社会面に売りこめるはずだ。抜かれのマイナスを一気に取り返して、初の特ダネになる——新報もツイッターをチェックしている可能性が高いから、急がなくては。

まずいのは承知の上で、運転しながらＴＮＴ広報部に電話を突っこむ。とにかく話を聞けないと取材にならないから、会う約束だけは取りつけておかないと。連日の電話に、春永は戸惑っていたが、佐藤は強く出た。前にも社内の人間による放火ではないかと疑問をぶつけて、あの時は否定された。嘘をついていたのではないか？　広報部側は否定したが、結局取材を受けることには同意した。とにかく十分後に伺う、とだけ言って佐藤は電話を切った。
何だか——自分はツイッターのつぶやきに翻弄《ほんろう》されているだけではないか？

9

TNTのだだっ広い駐車場に車を停めたまま、ノートパソコンに原稿を打ちこむ。


TNT本社（千葉市中央区）で8日に発生した火事で、同社は男性社員（34）が放火したとして、この社員を休職処分にした。今後、警察にも報告する。

同社の調べによると、この男性社員は、8日午前0時頃、勤務先の第4プラントコントロールルーム近くの廊下に、オイルに浸した布を置いて火を点けた疑いが持たれている。火は他の社員によってすぐに消し止められ、怪我人などはいなかった。男性社員は、火が消えた直後に、燃え残った布を回収して証拠隠滅をしていた。

男性社員は、人事上の問題などで、以前から周囲に不満を打ち明けていたという。

TNT広報部の話「社員教育の面も含めて反省している。今後、このようなことが起きないように、全社員を指導したい」


事実関係はこれだけ。特ダネとして記事にするにはいかにも短い。TNT側のコメントも弱い感じだ。もしかしたら、この記事で一番面白いのは、発覚した「経緯」ではないか？　ツイッターで情報が漏れた……社内の人間が漏らしたのは間違いないわけで、ある種の「タレコミ」「内部通報」だ。しかし、この人間が何を考えてこんなことをしたのかが分からない。ツイッターを使って不祥事を告発したかったただけなのか、それとも単に面白がってつぶやいただけなのか。

佐藤は、車に座ったまま、原稿を支局に送信した。しばらくしてから、デスクの新藤から電話がかかってくる。

「亜紀良か？　夕刊に売りこむぞ……しかし、短いな。もう少し書きこむ材料はないのか？」

「今のところ、これだけです」

「会社として、犯人隠しをしていたんじゃないのか？」

「以前俺が話を聞いた時には、この事実は摑んでいなかったと言っています」

「それ以上は突っこみようがないな……ツイッターの話は無理か？」

新藤には発覚の経緯を話していた。彼は「ツイッターの話を盛りこめないか」と言っていたのだが……佐藤は「無理です」と答えた。

「現段階では、まだ……そもそも、ツイッターのアカウントは削除されました」

「会社側にばれて、慌てて削除したかな？」

「そういうことかもしれません。肝心の写真は保存してありますが、これが何かに使えるとも思えないんです」

「まあ、ツイッターの件については後で考えよう。それこそ、生記事じゃなくてコラムで書いてもいいぞ。支局へ戻るか？」

「もう一度、ＴＮＴの広報と話をしてみます。今回のツイッターの件をぶつけていなかったので、改めて聞いてみるつもりです」

「ゲラはどうする？」

「スマホの方へ送って下さい。それで確認します」左腕を持ち上げ、腕時計を確認する。十時半――支局から送信すれば、本社ですぐに棒ゲラにする。早版用に紙面を組み上げる作業もすぐに始まる。棒ゲラの状態でも、紙面に組んだ状態でも、チェックは可能だ。

「何か新しい話が出てきたら、追加しろよ」

「了解です」

わざわざ広報部まで行くことでもない。佐藤は、受付の電話を借りて春永と話した。先ほど去った佐藤がまた顔を出したので、春永は驚いていた。何事か起きたのでは、と明らかに警戒もしている。

「ちょっと下で話せませんか？　広報部に正式なコメントをもらうようなことじゃないんです。非公式に話ができれば……」

「私は、非公式にでも話せるような立場じゃないですよ」

「雑談だと思っていただければ」佐藤は食い下がった。「もしかしたら、今後の参考になる話かもしれません」

「……分かりました」結局春永は折れた。

五分後、春永がエレベーターから降りてくる。いかにも心配そうな顔つきで、周囲を見回していた。佐藤は目をつけていたベンチに向かって歩き出す。受付からは少し離れているので、誰かに話を聞かれる心配もないだろう。

「いったい何事ですか」春永が切り出す。

「この件、内部から情報が漏れましたよね」

佐藤の指摘に、春永が唇を引き結ぶ。やはり、既に状況を把握していたのだ、と佐藤は確信した。

「ツイッターに現場の写真、それに今朝の人事の処分の写真が掲載されましたよね？御社では、あんな風に廊下の壁に人事情報を張り出すんですか？」

「ええ。昔からの習慣で……社内の電子掲示板だと見ない人もいますし」

「まだ掲示中ですか？」

「三十分で引っこめたはずです」どこか皮肉っぽく春永が言った。

「何故ですか？」貼ったというアリバイだけを作って、できるだけ人目に触れさせたくない狙いだったのか。

「まあ、その辺はいいじゃないですか……佐藤さんも、あのつぶやきを見たんですか？」

「見たかどうかは何も言えません」反射的に言ってしまったが、この対応が正しかったかどうかは分からない。極秘に誰かから情報を得たわけではなく、誰でも見られるツイッターで引っかけただけなのだから。しかし何故か「ネタ元を守る」という大原則をこの場でも適用してしまった。

「でも、他に出所はないでしょう」春永も引き下がらなかった。

「そこはノーコメントでお願いします。見たのは間違いないですが、あのつぶやきをネタにしたかどうかは……勘弁して下さい」佐藤は頭を下げた。「それより、ＴＮＴとしてはこの件をどうするんですか？」

「どうすると言うと？」

「誰がつぶやいたか、犯人探しをするんですか？」

「今の段階では何とも言えませんよ」

「内部告発は尊重されて然るべきだと思いますけど、こんなに簡単に情報が漏れたら、会社としてはたまったものじゃないでしょう」

「まあ、そうなんですけど……扱いに困りますよ」

「調べれば、分からないこともないと思いますけど」

「その労力に見合うだけの成果があるか、私には分かりません」春永は力なく首を横に振った。

「我々とすれば、いろいろなところから情報が出てくるのはありがたいですけど……放置しておいていいんですか？」

「もしも誰が情報を漏らしたか分かったら、それを書くつもりですか？」

「それは……」佐藤は言葉に詰まった。

「会社としては、方針は何も決まってませんよ」

いきなり声をかけられ、佐藤は慌てて立ち上がった。広報部係長の石垣。黙ってこちらの話を聞いていたのか、と慌てる。

「盗み聞きですか」佐藤は思わず反発してしまった。

「広報部の社員を、一人で記者と会わせるわけにはいかないので……とにかく、会社としてもまだ方針は固まっていないんです。会社に火を点けるような社員の処分をどうするか、まずそこをはっきりさせないといけませんから。休職は、あくまで一時的な措置ですからね。誰が情報を漏らしたかは、今の段階ではそれほど重要なことではないんですよ」

「でも、気持ち悪くないですか？」

「それはそうですがね……」石垣の言葉は歯切れが悪い。「費用対効果を考えると、犯人探しに意味があるかどうか……だいたい、仮に調べることになっても、広報部が乗り出すような話ではありません」

「やるなら人事辺りですか？」

「それも含めて、まだ何とも言えません。佐藤さんこそ、こんな話を書くんですか？」

「分かりません」佐藤は正直に打ち明けた。「これだけツイッターが使われている状況だと、いろいろ変なことも起こります。馬鹿な使い方をしないようにと、注意を喚起するような記事は書けますけど、そもそもツイッターを使っている人が、新聞を読むかどうかは分かりませんよね」

「ああ……そうでしょうね」石垣がうなずく。「だいたい、そういう記事が新聞に載るのも、何だか変な話です」

「かといって、放置しておいていいかどうか。判断が難しいです」

だいたい、どうしてこんなつぶやきをしようと考えたのだろう。内部告発？　そんな重い感じではない。ただ面白がって、ついやってしまったとか……このつぶやきが原因で記事になったと知ったら、どんな風に思う？　とんでもない影響が出たとビビるか、鼻で笑うか。新聞のことなど、何とも思っていない可能性もある。

「私どもとしては、何かお願いできるような事ではない……書かないで欲しいとも言えません。何しろ、誰でも見られるツイッターで情報が流れてしまいましたからね」

石垣が心配そうに言った。

「ええ」

「もう削除されたとはいえ、どれぐらいの人があれを見たかは分かりません。拡散はしていないようですが」

「世間の人が何に興味を持つかは、分かりませんよね」

「まったく、厄介な世の中になりました」

そう、この状況を一言で言い表せば「厄介」だ。ネットのおかげで、チェックしなければならないことは膨大になっている。ツイッター、フェイスブック、個人のブログ……誰が何を書いてくるか分からないから、常に目を光らせておく必要があるとはいえ、ひたすらパソコンの前で張っているのは現実的ではない。

人と会って取材するのが新聞記者の仕事のはずなのに。どこを向いて仕事をすればいいのか、分からなくなってきた。

10

ＴＮＴの一件は、ひとまず落ち着いた。会社側から告発を受けた千葉中央署では放火事件として正式に捜査を始めたが、やはり大事にはなりそうにない。休職処分になった羽多野を逮捕もしないかもしれない、と佐藤は読んでいた。実害がほとんどないわけだから、在宅のまま書類送検して、検察も起訴猶予《きそゆうよ》で終わらせるのではないか。会社としては、告発した以上は厳しい刑事処分を望むかもしれないが、警察としてはあまり事態を面倒にしたくないだろう。

いずれにせよ、警察の動きはフォローできる。とはいえ、逮捕なり書類送検なりを抜いたとしても、大きな扱いにはならないだろう。

そうすると、「この件はもう終わり」という感じが強くなる。

それでも釈然としない。このモヤモヤした気持ちを誰にぶつければいいのか……考えているうちに、桑名の顔が脳裏に浮かんできた。彼は毎週千葉へ来ているわけで、会うのは難しくないだろう。事前に社内メールで連絡を取っておこうかとも考えたが、そこまでする必要はあるまい。結局、講座が終わる時間を見計らって、直接ＴＣを訪ねた。何度も取材に来ているので、受付など事務の人たちとはすっかり顔見知りになっており、軽く会釈するだけで中に入れた。

講座が終わり、各教室のドアが開いて受講生がざわざわと出て来る。しかし、桑名が教えている講座のドアだけは閉ざされたままだった。ドアについた窓から中を覗《のぞ》きこむと、講座自体はもう終わっているものの、受講生が教壇にいる桑名のところに集まっている。ドアを開けると、桑名を中心に、声高に話し合う声が聞こえてきた。相変わらず熱心な受講生たち……こういう人たちばかりだと、講師もやりがいがあるだろう。

五分ほど待っていると、ようやく人の輪が解けた。桑名は苦笑しつつ、受講生と話しながら教室を出て来る。佐藤に気づくとぱっと顔を明るくして、右手を軽く上げて見せた。知り合いに会って挨拶——という風情。佐藤がさっと頭を下げると、「ちょっと行こうか」と声をかけてきた。

二人は並んで歩き出し、階段の方へ向かった。一階分降りて踊り場に出ると、桑名が「助かったよ……しつこくてね」とほっとしたように言った。

「熱心な生徒さんが多いんですね」

「今日はちょっと生々しい話をしたんで、食いつきがよかったんだ。刺激的なテーマは、誰でも大好きだからね」

「何の話ですか？」

「部数の減少」

それは確かに……部数の低下は各紙にとって悩みのタネで、回復する見込みはまったくない。その辺の事情を率直に話したとすると、受講生が食いつくのは当然だろう。特に、マスコミ受験を考えて受講している大学生にとっては、切実な問題だ。自分が目指している業界が頭打ち——将来がないと思ったら、そこを目指すのを躊躇《ためら》うだろう。佐藤は、部数が低下していることは承知で入社してみて、やはり「新聞は元気がない」と感じるようになった。今のところ、他業種に比べれば多少給料はいいのだが、これもいつまで続くだろう。

先日と同じ喫茶店に入り、桑名はまたアイスコーヒーを頼んだ。佐藤はホットコーヒー。飲み物が運ばれてくると、桑名は即座にもう一杯アイスコーヒーを頼む。今日も喋り過ぎで喉が渇いているのだろうと思ったら、小声で「この店はコーヒーが少ないんだよね」と打ち明けた。グラスを見ると、氷が一杯に入っていて、コーヒーはその隙間を充填《じゅうてん》しているだけ、という感じだった。

一杯目のコーヒーをすぐに干してしまい、ひと息ついたところで、桑名が「で？」と切り出す。

佐藤はぽつぽつと話し始めた。事前に話はまとめてきたつもりだが、実際に話し始めてみると、どうにもまとまらない感じがしてくる。やはり、自分の中でも咀嚼《そしゃく》できていないのだと思う。

「ちょっと考え過ぎじゃないかな」桑名がさらりと言った。

「でも、ツイッターの情報を追いかけるのが新聞記者の仕事なんて、馬鹿馬鹿しくないですか？」

「そうかな？　昔と全然変わらないと思うけど」

「昔？」佐藤は思わず身を乗り出した。この人、何を言っているんだろう。「昔はツイッターなんてなかったじゃないですか」

「うんと昔の記者は、どんな風に取材してたと思う？」

「それは、今とは全然違ってたはずですよね」

「いや、今の記者と基本的には同じだよ」

「よく分かりません」佐藤は首を横に振った。

「情報はどこからくるか――」桑名が右手の人差し指をピンと立てた。「例えば、匿名の情報源からのタレコミは、昔からあるだろう」

「狙いはともかく、新聞に記事を書かせたい――ある意味、新聞を信用して好意を寄せてくれる人からの情報ということですよね」

「そう」桑名がうなずく。「他には、どんな風に情報が入って来るだろう……通常の取材先での、日常的な取材は抜いて考えようか」

クイズのつもりだろうか、と佐藤はひそかに首を傾げた。まあ、いい。話しているうちに何かヒントが出てくるかもしれない。

「例えば、情報源と外で会うとか」

「役所の中は危険だからな」桑名がうなずく。「一度摑んだネタ元を、ずっとキープしておく記者もいる。相手が中央官庁の役人だったら、若いうちに目をつけて関係を作って、その後もずっと利用する方法もあるだろう。相手が偉くなれば、より重要なネタ元になるわけだし」

「そんなこと、あるんですか？」

「あるさ。記者の方が早く現場から外れるパターンが多いから、つき合いにも限度があるだろうけど。他には、たまたま友だちや恋人が情報を持っている場合もあると思う。これはなかなか難しいところだけどな……その情報を記事にして、万が一情報源が漏れたら、大問題になる。友情や愛情が壊れるかもしれないから、危険と紙一重だ」

大学時代の友人からネタをもらうようなことがあるのだろうか。中央官庁に入った人間もいるから、いずれ取材対象になる可能性もある……かなり気まずい感じになるだろう、と想像した。

「名前も顔も知らない人からネタをもらうこともあるだろう。実際俺には、そういう経験があるんだ」

「そうなんですか？」

「ああ」桑名が認めた。「昔、個人でホームページを開設した時に、メールのやり取りをしていた人からネタをもらったことがある」

「書いたんですか？」

「書いた。ただ、上に文句を言われてね。正体も分からない人間の情報が信用できるかって……それで、ネタをくれた人の正体を調べろっていう指示が出た」

馬鹿じゃないですか、という言葉が喉元まで上がってきた。さすがに失礼だと思って口には出さなかったが。結局、「正体は分かったんですか？」とだけ訊ねた。

「分からなかった。相手の顔を見る寸前に、逃げられた。結局、上には適当なことを言って、原稿は書いたんだけどね……ネタ自体は極めて正確だったから、問題はなかったと今でも思うよ。まあ、その後で自分のホームページは閉鎖させられたから、そういう形でネタが入ってきたのはその時が最初で最後だったけど。だいたい東日は、会社としてIT対応が遅過ぎるんだ。その体質は今でも変わっていない」

「確かにそうですね」他社は、記者が自由にツイッターでつぶやいたり、ブログで発信したりしている。ツイッターで情報を見ると、つぶやいた人に直接確認するようなこともしているようだ。

「君の場合は……たまたま、街中を歩いていて火事現場を見つけたのと同じじゃないか」

「でも、バーチャルな空間での話ですよ」

「しかし、そこに流れている情報は本物だった。君はちょっと、考え過ぎなんじゃないかな」

「そうかもしれません……重大な情報が転がっているのは間違いないかもしれませんけど、それをずっとチェックし続けるのは馬鹿馬鹿しいですよ」

「そんなの、一日に二回チェックすればいいだけじゃないか。夕刊用と、朝刊用と……自分が担当していることをキーワードにして検索すれば、情報が引っかかるかもしれないだろう。それは、そんなに面倒なことじゃないはずだ。だいたい君も、暇があるとスマホばかり見てるんじゃないか？」

「ええ、まあ……」

「そんなにむきになることもないし、あえて無視することもないよ。全ての情報が拾えるわけじゃないし、そもそもツイッターにあらゆる情報が流れているわけじゃないんだから。ツイッターは、ちょっと過大評価され過ぎだと思う。今回のように、たまたま内部情報を表に出そうとする人間がいれば、インサイダー情報も取れるだろうけど、そういう人間はそうそういない」

　そうか……佐藤はふいに思い至った。今回の火事に関する情報は、たまたまツイッターで拾えたということだ。それ以外――警察経由、消防経由で情報が入ってきた可能性もある。

「要するに、どこから出てきても情報は情報なんだよ。上の世代の人間は、新しく情報が出てくるスタイルを好まないかもしれないけど、そんなこと、記者の本質には関係ないよな。知ったら書く。知るように努力する。それだけだろう？　だいたい記者なんていうのは、情報を誰よりも先に伝えるのが好きな人間がなる——そうだろう？　ツイッターをやっている人も同じだと思う。だから情報が拡散するんだ。人間は、皆同じなんだよ。そういう性向は、時代が変わってもそんなに変わらない。要するに人間は、噂《うわさ》が大好きなんだ」

「確かにそうですね」

「そんなに深く考えるなよ。今回の一件、取材していて楽しくなかったか？　興奮しなかったか？　取材が面白ければ、それでいいんじゃないかな」

佐藤ははっと顔を上げた。指摘の通りだ……入社前に想像していた取材の「興奮」。事件としてはごく小さなものだったのに、自分はそれをしっかり味わっていたではないか。求めていたものに、やっと出会えた気分だった。

自分は記者としての一歩を踏み出したばかりだ。これから十年、二十年と取材を続けていくうちに、また新しい情報発信のツールが生まれるだろう。ツイッターだってフェイスブックだって、永遠に続くとは思えない。次々と新しいツールに馴染まなくてはいけないと考えるとやはり面倒臭いのだが、それぐらい対応できないでどうする、という考えもあった。

時代は変わる。しかしネタを探す記者の基本、そしてニュースを求める人の好奇心に変化はないはずだ。

解説

内藤麻里子（文芸ジャーナリスト）

時代の変遷とともに移り行く新聞記者とネタ元との関係性の物語五編からなる連作短編集である。ディテール豊かに構築した各時代の中で変化していく状況を描き、一貫しているものをうたい上げた見事な新聞記者小説といえよう。

堂場瞬一は二〇〇〇年、『8年』で小説すばる新人賞を受賞した。このデビュー作（〇一年刊行）は米大リーグに挑戦する投手を描いたスポーツ小説だった。ところが第二作では警察小説『雪虫』（同）を世に送り出し、異なる方向性が驚きをもって迎えられた。以来、この作家を紹介するのに『二度目のノーサイド』（〇三年）『チーム』（〇八年）などのスポーツ小説や、『雪虫』から始まるベストセラー「刑事・鳴沢《なるさわ》了《りょう》」シリーズ、「警視庁犯罪被害者支援課」シリーズといった警察小説が主に挙げられる。しかし、実は堂場さんには新聞記者小説群の傑作があるのだ。

本格的に新聞記者を主人公にした嚆矢《こうし》となったのは、『虚報』（一〇年）だろう。

一三年に作家専業になるまでは、堂場さんは読売新聞の編集委員だった。デビュー十年目にあたるこの年、満を持してなじんだ世界を舞台にした。新聞社は今回の『ネタ元』と同じ東日新聞だ。事件取材で後れを取る記者の焦り、失敗を描いて記者ならずとも働く人間として身につまされる物語だった。

長編『帰還』（一九年）では東日新聞の同期たちが活躍する。一方、『ネタ元』にも登場する東日のライバル社・日本新報の記者が主人公の作品もある。「メディア」三部作（『警察《サツ》回りの夏』『蛮政《ばんせい》の秋』『社長室の冬』）がそれで、宿敵の政治家との対決、メディアの行く末がテーマとなっている。

いずれも濃密な人間模様にひきつけられる作品ばかりだ。ぜひ一読をお薦めする。もちろん、警察小説、スポーツ小説にこうした新聞社の記者たちが顔を出すのも堂場作品の味わいの一つだ。

それでは、本書『ネタ元』に視線を移そう。私もかつては新聞記者だったので、その経験も踏まえて見ていきたい。

「ネタ元」とは情報提供者、情報源のことを指す。新聞でも雑誌、テレビ、ネットでも記者であるからにはネタ元を手に入れなければ仕事は始まらない。知り合い方は多様だ。長く続く関係もあれば、その時限りあるいは担当が替われば切れてしまうこともある。

第一話「号外」は一九六四年が舞台だ。当時世を騒がせていた草加次郎事件を俎上《そじょう》に載せた。なんと東京オリンピック開会式の当日に一面、せめて社会面に紙面を割いてくれと社会部の濱中大介が交渉している場面から幕が開く。日本で、いやアジアで初のオリンピックだ。紙面に限りのある新聞では、他の日だったら大きく取り上げられる内容でも大概の記事は吹っ飛ぶ。その日の事情によって、掲載の有無も扱いの大小も左右される。新聞記事とはことほどさように恣意的である。だから紙面獲得をめぐって争うことになる。そして一刻を争って夕刊に入れたいと願う特ダネに対する自負の大きさは、新聞がメディアに君臨していた古き良き時代を思い起こさせる。

さて、このネタは電話によってもたらされた。草加次郎本人を思わせる人物からの電話をたまたまとったのが濱中だった。こうして始まる関係もある。本人と示す秘密の暴露、警視庁との駆け引き、号外という落としどころ。緊張がピークに達したとき、思いがけない結末を迎える。それも、濱中の一言が原因だったかもしれないとは──。悔恨を抱えながら、しかし濱中は新しい事件に忙殺され始め、古い事件は記憶の底に沈んでいく。これもまた新聞記者の実情である。寂寞《せきばく》とした読後感を残す。ちなみにこの事件は七八年、犯人逮捕に至らないまま時効を迎えた。

二話目の「タブー」は七二年。「記者とネタ元の不適切な関係（中略）が大問題になった」時期だ。ここではっきり書かれていないが、同年に沖縄返還協定をめぐる機密情報を国会議員に漏洩《ろうえい》したとして、国家公務員法違反で毎日新聞の記者が逮捕される西山《にしやま》事件が起きた。女性事務官から「情を通じて」ネタを取ったとされた。東日新聞では注意喚起を促す文書が回覧される。

今でこそどの取材現場にも女性記者の姿はあるが、七二年といえば警察回りはもちろん支局ですら女性の配属がないばかりか、女性記者は定期採用もなかった。どこもかしこも完全なる男社会であった。そんな中で社会部記者の根岸俊雄は警察官、葉子とつき合っている。会社からの注意に身をすくませるが、いまだ「セクハラ」という言葉もない時代のこと。真剣なつき合いなのか打算なのかと頭をかすめる根岸は、当時としてはかなりフェミニストに描かれている。

折しも起きた女性弁護士殺害事件で、図らずも葉子から犯人の情報を得る。しかし、社内にも警察にも葉子のことを知られたくない根岸はネタの握り潰しを決断する。だが、結局新聞社も警察も二人のことはつかんでいて、記事も他の記者によって無事落着する。葉子に追いこまれるちょっと笑える展開の中に、二つの組織の怖さをうかがわせる一編となった。

三話目の「好敵手」は八六年。世のバブルは始まったが、和泉卓郎は新潟支局に支局長として赴任してきた。権勢を誇った新潟ゆかりの田中角栄《たなかかくえい》首相もロッキード事件で刑事被告人となり、脳梗塞で倒れている。新潟は初任地でもあり、その頃捜査二課長だった須山正巳が県警本部長となって再会。細く長く関係性を保ってきたネタ元だ。

本社に上がった後和泉は社会部で長く公安関係の記事を書いてきた。しかし、ここ十年は支局デスクに転出し、原稿を書かなくなった。ある年齢になると記者は管理職に移行する。現場にこだわり記者を続けられるかは、巡り合わせや適性などでなんとなく決まってくる。一方で管理職になってもラインでいられるかどうか。和泉はラインからは外れた。そんな和泉に須山はネタを提供する。実は須山は警察官僚としての先行きを見切っていて、天下りの前に用意した最後のネタだったのだ。しかし、和泉はものにできずに終わる。

それぞれの世界で傍流だった二人は、主流派になるべく野心を燃やしていた。しかし、和泉のネタ元は須山だけだった。情報源が一人というのは、「努力しなかった」にもほどがある。かといって社内政治もしなかった。これではラインから外れる。野心が行動として持続しなかった記者の姿を容赦なく描き出す。続く第四話で、その後の和泉の様子が判明し、胸のざわつきが少し収まった。

そして表題作となった四話「ネタ元」と、五話「不拡散」はデジタル時代の物語だ。

「ネタ元」は九六年を舞台に、いち早くデジタル対応した桑名義昭が登場する。新聞業界は八〇年代後半に原稿執筆が手書きからワープロに移行し、九〇年代半ばにパソコンに換わった。一気に全員が使いこなしたかというとそんなことはなく、当初は習熟にばらつきがあった。九六年とはそんな時代だ。

ネットは、大学など研究機関の関係者ら「意識が高い」人々のコミュニティーという幻想を抱ける幸せな時代でもあった。メールは便利だが、電話と違い文字だけなので行き違いがあってトラブルが起きることもあった。メールの書き方を指南するハウツー本が盛んに出ていたことを思い出す。携帯電話も普及し始めるなど、細かい描写で当時を再現する。記者気質も変化しつつある。ネタ元との関係はドライであるべきだという若い記者たちが増えていく。

そんな中、桑名は運営するホームページを見てメールしてきたタレコミ（密《ひそ》かな情報提供）で特ダネをものする。しかし、上司はメールによるネタが信用できない。裏取りはしているものの、ネタ元を特定するよう要求する。苦肉の策で、新たなネタはメールでなくファクスで来たと告げると、上司は一安心。笑い話のようだが、実際あっても不思議ではなかったデジタル移行過渡期の新聞社を活写して面白い。

最後の「不拡散」はまさに現代の二〇一七年。千葉支局の記者、佐藤亜紀良がツイッターに振り回される顛末《てんまつ》だ。

泊まり勤務の晩にツイッターで工場爆発事故の情報を目にするが、調べてもその痕跡はない。無責任なつぶやきに往生しつつ、念には念を入れて何度も会社に足を運ぶ。かすかな引っ掛かりを感じているところに、宿直勤務の警察官から工場のぼや騒ぎを聞き出す。しかし、その直後、日本新報に抜かれてしまう。日本新報はツイッターで火災現場の写真を見つけたのだ。

ツイッター、フェイスブック、ブログ……ネットの情報は膨大だ。フェイクニュースやいたずらもあふれるばかりだが、もはやメールのネタは信用できないなどと言っている場合ではない。新聞社内では収益的には発展途上であるものの、デジタル部門の声は確実に大きくなった。ネットをチェックする担当者を置くなどの策を講じてもいる。従来から見れば「厄介」なこの状況の中、ネット情報とどうつき合うかは喫緊の問題である。

前話に登場する桑名は、亜紀良のいい相談役だ。桑名は言う。一日二回、夕刊用と朝刊用にチェックすればいいだけのことだと。「要するに、どこから出てきても情報は情報なんだよ」

最後の二行に本書の肝が凝縮している。

「時代は変わる。しかしネタを探す記者の基本、そしてニュースを求める人の好奇心に変化はないはずだ」

厄介な状況の中で右往左往している自分の心に、堂場さんの指摘がすとんと落ちた。

本書は、二〇一七年七月に小社より刊行した単行本の文庫版です。

|著者|堂場瞬一　1963年茨城県生まれ。2000年、『８年』で第13回小説すばる新人賞を受賞。警察小説、スポーツ小説など多彩なジャンルで意欲的に作品を発表し続けている。著書に「警視庁犯罪被害者支援課」「刑事・鳴沢了」「警視庁失踪課・高城賢吾」「警視庁追跡捜査係」「アナザーフェイス」「刑事の挑戦・一之瀬拓真」「捜査一課・澤村慶司」「ラストライン」などのシリーズ作品のほか、『八月からの手紙』『傷』『誤断』『黄金の時』『Killers』『社長室の冬』『バビロンの秘文字』（上・下）『犬の報酬』『絶望の歌を唄え』『砂の家』『動乱の刑事』『宴の前』『帰還』『凍結捜査』『決断の刻』『ダブル・トライ』『コーチ』など多数がある。

ネタ元《もと》
堂場瞬一《どうばしゅんいち》

講談社文庫
定価はカバーに
表示してあります

2020年11月13日第１刷発行

発行者──渡瀬昌彦
発行所──株式会社　講談社
東京都文京区音羽2-12-21　〒112-8001
電話　出版（03）5395-3510
　　　販売（03）5395-5817
　　　業務（03）5395-3615
Printed in Japan

デザイン─菊地信義
本文データ制作─講談社デジタル製作
印刷───大日本印刷株式会社
製本───大日本印刷株式会社

ISBN978-4-06-521045-1

講談社文庫刊行の辞

二十一世紀の到来を目睫に望みながら、われわれはいま、人類史上かつて例を見ない巨大な転換期をむかえようとしている。

世界も、日本も、激動の予兆に対する期待とおののきを内に蔵して、未知の時代に歩み入ろうとしている。このときにあたり、創業の人野間清治の「ナショナル・エデュケイター」への志を現代に甦らせようと意図して、われわれはここに古今の文芸作品はいうまでもなく、ひろく人文・社会・自然の諸科学から東西の名著を網羅する、新しい綜合文庫の発刊を決意した。

激動の転換期はまた断絶の時代である。われわれは戦後二十五年間の出版文化のありかたへの深い反省をこめて、この断絶の時代にあえて人間的な持続を求めようとする。いたずらに浮薄な商業主義のあだ花を追い求めることなく、長期にわたって良書に生命をあたえようとつとめるところにしか、今後の出版文化の真の繁栄はあり得ないと信じるからである。

同時にわれわれはこの綜合文庫の刊行を通じて、人文・社会・自然の諸科学が、結局人間の学にほかならないことを立証しようと願っている。かつて知識とは、「汝自身を知る」ことにつきていた。現代社会の瑣末な情報の氾濫のなかから、力強い知識の源泉を掘り起し、技術文明のただなかに、生きた人間の姿を復活させること。それこそわれわれの切なる希求である。

われわれは権威に盲従せず、俗流に媚びることなく、渾然一体となって日本の「草の根」をかたちづくる若く新しい世代の人々に、心をこめてこの新しい綜合文庫をおくり届けたい。それは知識の泉であるとともに感受性のふるさとであり、もっとも有機的に組織され、社会に開かれた万人のための大学をめざしている。大方の支援と協力を衷心より切望してやまない。

一九七一年七月

野間省一